D1490475

DU MÊME AUTEUR

Aux Éditions Gallimard

ÉDEN UTOPIE, roman, 2015.

COMMENT VIVRE EN HÉROS ?, roman, 2017.

Aux Éditions Plon

AUTOPORTRAITS EN NOIR ET BLANC, roman, 2001.

Aux Éditions Le Passage

BIOGRAPHIE D'UN INCONNU, roman, 2008.

L'ORIGINE DE LA VIOLENCE, roman, 2009 (prix Orange du livre 2009, prix Renaudot du livre de poche 2010).

LA FORTUNE DE SILA, roman, 2010 (Grand Prix RTL-Lire 2011).

AVANT LA CHUTE, roman, 2012.

LE MONDE N'EXISTE PAS

FABRICE HUMBERT

LE MONDE N'EXISTE PAS

roman

GALLIMARD

1

C'est ce soir-là, sur les écrans de Times Square, que j'ai revu pour la première fois l'ami de ma jeunesse, Ethan, sa silhouette grandie, multipliée, métamorphosée. Et chacun, sur la place, observait avec stupéfaction le visage de l'homme traqué.

Mais personne, au milieu de ces visages levés, n'était aussi stupéfait que moi. La marée des images m'enveloppait, tous les écrans de cinéma et de publicité remplacés par la silhouette obsédante, en jean et tee-shirt noir, d'Ethan. Son visage était plus mûr, ses traits plus anguleux, mais il s'agissait bien de lui, sous tous les angles, dans un engendrement nauséeux de portraits accusateurs. Ethan Shaw montré, nommé et condamné.

La fulgurance des images, dans l'étrange boîte noire de Times Square, cette fantasmagorie où s'assemblaient les figures de l'illusion, m'écrasait. Tassé par le gigantisme d'Ethan, je me sentais oppressé par les centaines de regards qui convergeaient vers cet homme dont ils ne savaient rien. Qu'avait-il fait ? Comment avait-il pu devenir cet *homme-là* ?

Moi, je connaissais Ethan Shaw. Depuis bien long-temps. Et je ne comprenais pas – si la raison peut encore s'imposer en ces moments – ce qui avait pu faire de lui ce fugitif accusé d'un crime et désigné à une nation entière. Ethan était au contraire l'homme qui m'avait sauvé de l'opprobre et de la solitude autrefois. Et si, à l'époque, il était montré du doigt, ce n'était en rien parce qu'il était coupable, mais parce qu'il était admiré de tous.

Ethan Shaw. Le nom le plus célébré du lycée de Drysden, Colorado. Le capitaine de l'équipe de football. Le joueur de tennis le mieux classé de l'État dans sa catégorie d'âge. J'avais quatorze ans lorsque je l'ai rencontré pour la première fois. Le divorce de mes parents m'avait exilé de la banlieue cossue de Washington. La petite ville de Drysden nous accueillait, ma mère et moi, dans sa banalité et son anonymat. Des maisons uniformes et laides, des langues de jardins en devanture, des rues immuables. Quelques bâtiments officiels (police, mairie), des restaurants et trois salles de cinéma, un grand centre commercial. Deux lycées dont le mien, Franklin High School.

Je ne saurai jamais pourquoi ma mère avait choisi Drysden. Sans doute y avait-il là un reniement de tout ce qu'avait été son existence à Washington avec mon père. Ma mère avait vécu son enfance dans le Colorado, mais Boulder, sa ville natale, était le phare de la beauté et de la culture en comparaison de Drysden. Elle avait trouvé un emploi de directrice des ventes dans une entreprise informatique, et deux jours plus tard nous rangions nos affaires dans les placards blanchâtres d'une maison louée en hâte.

Encore deux jours et je faisais ma rentrée, au mois de décembre, au lycée Franklin.

C'était un 3 décembre. Il faisait froid. Je n'avais pas envie d'entrer. Depuis le bas des marches, au pied du bâtiment, j'entendis la sonnerie. Je commençai à grimper l'escalier d'un pas lent lorsqu'une voiture pila à une cinquantaine de mètres de l'entrée. Un jeune homme blond en sortit et se mit à marcher d'un pas vif vers le lycée. Les quelques retardataires qui se pressaient vers l'entrée se retournèrent vers lui. C'était Ethan Shaw, comme je devais l'apprendre par la suite. Sa beauté me frappa, et en même temps la honte.

Et si je repense à présent au pauvre Adam de quatorze ans, figé sur les marches devant la silhouette surnaturelle d'un adolescent blond et athlétique, il me semble qu'il s'agit encore d'une histoire de regards. Figé devant les images de Times Square, Adam adulte se retrouvait encore muet de stupéfaction devant la silhouette à la fois héroïque et infâme d'Ethan Shaw.

Le jeune homme passa sans me considérer. Il disparut à l'intérieur du bâtiment. Je retrouvai mes esprits et entrai dans le lycée.

Il y eut d'autres dates. Il y eut le match de football du 22 janvier. Je n'avais jamais regardé de match, ni à la télé ni sur le terrain. Cela ne m'avait jamais intéressé. Mais ce qui était possible à Washington, où l'indifférence des grandes villes facilite les relations, ne l'était plus à Drysden. Presque personne ne m'adressait la parole. Les premières semaines avaient été un long silence, après quelques jours où l'on avait semblé m'accueillir, m'évaluer puis me rejeter sans haine, avec le dédain oublieux

11

de l'ennui. Mais une expérience précoce de la corruption des relations humaines, puisque la fréquentation de mes camarades, même à Washington, n'avait pas été sans danger, me faisait sentir la nécessité de ma présence à la cérémonie sacrée du 22 janvier. J'étais à l'écart, je pouvais devenir l'ennemi.

Un tel frisson accompagnait l'évocation de l'événement ! Le rival exécré, le lycée Holy Names Academy, de la ville de Beckley, allait affronter l'équipe de Franklin ! L'honneur d'un lycée, d'une ville, d'une nation se jouait là. L'affrontement aurait lieu le samedi, et chacun devait s'y préparer pour soutenir dignement les guerriers de Franklin. Je sentais que l'on dessinait un cercle de feu et que celui qui se trouverait en dehors serait désigné comme l'ennemi. Je n'avais pas les moyens de m'en abstraire. Dégoûté par les meutes, je n'avais pas la force de les affronter. Aucune lâcheté en cela : la simple évaluation des forces en présence. N'avais-je pas été depuis longtemps obligé de me cacher ?

Adam joua donc son rôle. Il écouta avec attention les pronostics, se félicita de la bonne forme des ténors de l'équipe, hocha la tête devant les différentes stratégies à adopter et se trouva présent le 22 janvier dans le public.

Mais que se passa-t-il ce jour-là pour le pauvre Adam ? Pourquoi son cœur battit-il si fort ? Pourquoi se prit-il au jeu avec tant d'ardeur qu'il se mit à hurler avec les autres ? Par bestialité ? Probablement. Il y avait dans ce rassemblement d'hommes, de brutalité, dans ces cris de la foule, dans ces élans vers l'en-but toujours barrés d'obstacles une excitation qui finit par m'entraîner moi-même. Mais il y eut aussi la coupable fascination pour ce

12

capitaine serré dans son uniforme de combattant, la tête blonde enfilant le casque, le corps élargi par les protections se mettant en marche vers sa position.

D'ailleurs, chacun l'admirait. Ses courses suscitaient d'immenses espoirs, ses chutes de terribles murmures. Il était le capitaine de cette équipe, son étendard et son âme. Et surtout il était alors l'emblème de Franklin, celui qui nous représentait tous (et ce *nous* n'était pas totalement, ce jour-là, un rôle). Il était notre fierté. Il nous incarnait. Nous étions faibles, peureux ? Il nous grandissait. Il était nous-mêmes, transfigurés.

J'ai crié pour sa course victorieuse. Comme les autres, j'ai hurlé : « Ethan ! Ethan ! » Il ne tournait même plus la tête, tant il y était habitué. Et le lycée Franklin a gagné. Bien sûr, puisqu'il avait son demi-dieu.

Comment peut-on se remettre d'une telle gloire ? Parmi les raisons qu'on peut avancer à la tragédie d'Ethan, je ne peux mettre de côté cette adolescence trop aimée. Il était le maître de cette société en réduction. Son nom était fameux. Sa main était celle du héros. Adulé par les filles, il était admiré par les garçons. Il suscitait cette attirance primitive des foules envers leur chef. Ces adolescences fêtées sont le creuset des plus grandes victoires comme des plus grandes défaites.

Au calendrier de nos rencontres s'ajoute la date du 20 février. Non pas une date supplémentaire, un autre signet de groupie, mais la date fondatrice qui lui fit m'adresser la parole. Il neigeait. Des flocons soyeux et légers tombaient doucement sur le sol, comme dans une opérette illusoire. J'étais allé au lycée dans un calme

13

ouaté, contemplant l'autre visage de Drysden. Ensuite, cherchant à retrouver au sein de la foule mon silence et ma paix, j'étais allé m'isoler dans un coin de la cantine déserte à cette heure. Et j'avais pris un livre dans mon sac.

La porte s'ouvrit. Ethan entra. Il se dirigeait vers les cuisines, espérant sans doute y demander de la nourriture, puisque tout lui était permis, lorsqu'il m'aperçut. Intrigué par ma présence, il s'approcha.

— Qu'est-ce que tu lis ?

Je lui montrai la couverture de mon livre : *La Mort d'Ivan Ilitch* de Tolstoï, une de ces longues nouvelles de la dernière période de l'écrivain, celle où il lui semblait que l'Occident faisait fausse route, que l'homme ne vivait pas comme il l'aurait dû, pessimisme qui correspondait parfaitement aux certitudes de mon adolescence.

Ethan tendit le bras et cette même main qui broyait les énormes quarterbacks saisit doucement mon livre.

— Tolstoï ? J'ai essayé de lire *Guerre et Paix*. C'était bien mais je me suis arrêté. Trop long, ajouta-t-il en rougissant.

Et, presque timidement, il me rendit le livre.

— Tu es nouveau ici ?

Je ne pouvais parler. Je hochai la tête.

— Depuis quand ?

— Je suis arrivé en décembre, coassai-je.

— Tu viens d'où ?

— De Washington.

Il fit la moue.

— Et tu te retrouves chez les ploucs.

Je secouai la tête.

Il jeta un coup d'œil vers les cuisines.

14

— Je vais chercher quelque chose à manger. Je te laisse lire… Tolstoï.

Lorsqu'il revint, un morceau de fromage à la main, je rougis. Je voulais tellement lui parler de nouveau ! Une audace embarrassée me portait.

— Tu joues au tennis. N'est-ce pas ? ajoutai-je brusquement.

Il sourit, peut-être devant ma maladresse.

— Oui.

— J'aime beaucoup le tennis.

Ce n'était pas vrai. Mais que n'aurais-je fait pour lui plaire ?

— Tu sais jouer ?

— J'en ai fait quatre ans, dis-je en bombant imperceptiblement le torse.

— Ça ne veut pas dire grand-chose, dit-il en riant.

Son rire était chaleureux. Je me sentis moins gêné.

— Je ne joue pas très bien, avouai-je.

Il sembla m'évaluer. Mais, contrairement à ceux qui m'avaient aussitôt rejeté, il le fit avec une sorte d'indulgence. Depuis, j'ai remarqué que les êtres parés de tous les dons ont souvent cette bonté. Ils sont trop fêtés pour développer l'amertume, de sorte qu'ils sont perdus d'arrogance ou merveilleux.

— Tu ne connais personne ici, hein ?

— Non.

Il hésita.

— Viens à la fin de l'entraînement demain à dix-huit heures. Je te ferai jouer.

Dès ma sortie du lycée, je me précipitai dans le garage de la maison pour y dénicher ma raquette, abandonnée dans les cartons du déménagement. Je n'avais pas joué au tennis depuis le mois de juin. La raquette à la main, je me mis devant le mur de la maison et je commençai à m'entraîner. À deux mètres du mur, je frappai quelques coups droits puis, progressivement, je m'éloignai tout en tâchant de maintenir la balle en jeu. Comme j'aurais aimé être meilleur ! Comme j'aurais aimé apprivoiser cette balle lourde et vindicative, qui partait toujours trop bas, trop haut, trop fort, s'échappait et fuyait !

Le lendemain, j'arrivai quelques minutes en avance à l'entraînement. Cela me semblait le bon moment. Observer l'entraînement d'Ethan m'aurait placé dans la position du groupie habituel. Tout retard, en revanche, était à l'évidence exclu.

J'entendis le choc des coups avant de pénétrer dans la salle. Ethan, en short et tee-shirt blancs, jouait avec son entraîneur et tous deux frappaient avec force et précision. La consigne pour Ethan semblait être de monter à la volée. Il profitait de chaque balle courte pour avancer, en coups slicés ou frappés. Comme je l'ai déjà dit (et comme j'aimerais le répéter mille fois), Ethan était le joueur le mieux classé de l'État dans sa catégorie d'âge. Je connaissais assez le tennis pour apprécier son niveau, mais ce qui me frappa, c'était la pureté de son jeu, l'élégance de son revers à une main.

À la fin de l'entraînement, il s'approcha du banc pour s'essuyer le visage avec une serviette. J'allai vers lui. Il me reconnut et me salua.

— Ah, voilà notre Tolstoï ! Mets-toi en face, je vais faire des balles avec toi.

16

J'ôtai mon blouson et me précipitai de l'autre côté du terrain, le cœur battant. Pauvre Adam, si jeune, si timide… Pauvre et heureux Adam, de pouvoir vivre des émotions si fortes !

La première balle, pourtant lancée doucement, me parut une épreuve envoyée par les dieux pour tester ma valeur. Elle passa par-dessus le filet, rebondit et grandit démesurément au-dessus de moi. Je tapai comme je le pus, en tâchant de me placer comme on me l'avait appris, en armant le coup droit bien loin en arrière, scolairement, pied posé vers l'avant.

Et la balle s'engouffra dans le filet.

Jamais une faute ne m'avait autant désolé. Ethan m'offrait une chance et je la gâchais. Mais déjà une autre balle m'arrivait alors même que, tout étourdi par mon premier échec, j'étais en retard. Je ne sais comment, le hasard voulut que je la remette miraculeusement dans le terrain, Ethan me la renvoyant d'un coup droit aussi soyeux que la neige qui tombait au-dehors ; je la repris cette fois d'un revers à deux mains long de ligne, mon meilleur coup, qui eut le bonheur de recevoir l'assentiment du champion, hochant la tête avec satisfaction. Débordant de joie, je me jetai désormais sur toutes les balles, prêt à me faire exploser le cœur, ivre de pouvoir plaire au demi-dieu du tennis.

Après dix minutes, Ethan s'arrêta en s'approchant du filet. J'en fis autant. Bien qu'il n'ait que deux ans de plus que moi, à mes yeux il était un adulte, autant par sa stature que par sa renommée. Il me sourit et me passa la main dans les cheveux, comme on le fait avec les enfants.

— Tu as bien couru. Viens à la fin des entraînements, si tu veux. Je te ferai jouer.

Depuis, j'ai obtenu certains succès universitaires puis professionnels. Jamais aucun éloge ne comptera autant que cette main dans mes cheveux.

Et cet homme serait coupable ? Cet homme aurait violé et tué une jeune fille de seize ans ?

2

Peut-être n'y aurait-il pas eu tant de furie si l'assassinat n'avait pas été précédé d'une vague de faits divers. Je ne sais pas ce qui arrivait aux Américains, aux hommes en général, c'était comme s'ils devenaient fous. Les mois précédents, trois massacres avaient eu lieu dans des universités et cinq dans des lycées : des adolescents débarquaient sur les campus armés d'un fusil d'assaut et ils tuaient. C'était du tir à la cible. Des êtres muets et sans passion qui faisaient leur travail de mort et ensuite, d'après les enquêteurs, se taisaient. N'expliquaient rien. À la télé, dans les journaux, sur tous les sites, on nous racontait des morts. À les entendre, on pouvait à peine se promener dans une forêt, dans une ville, sans être tué. On ne savait même plus si c'était vrai. Le faux se mêlait au vrai. Mais où était le faux, où était le vrai ? On avait beaucoup parlé du meurtre gratuit et anonyme d'une vieille femme, tuée d'une balle dans la tête, comme au tir au pigeon, alors qu'elle arrosait ses fleurs sur un balcon. Puis j'avais lu que ce meurtre n'était qu'une rumeur. À la fin, une enquête du *New York Times*, centrée sur le fonctionnement de la rumeur, était revenue sur l'affaire en établissant que la vieille dame aux fleurs avait bien été tuée.

Le plus souvent, les coupables n'étaient pas retrouvés. Jour après jour, des hommes, des femmes, des enfants tombaient, fauchés par un fléau sans nom, et le sentiment d'une vaste catastrophe enflait dans la population. On ne comprenait pas pourquoi les coupables étaient pris de folie, on ne comprenait pas pourquoi les innocents étaient pris pour cible. Mais surtout, ce qui était étrange et angoissant, c'était de ne pas trouver, à part les fous silencieux, de coupables. Que se passait-il ?

Certains disaient que nous étions comme les animaux qui se livrent à des actes contre nature lorsque leur espace est menacé et qu'ils sont sur le point de mourir. Ils tournent, fuient et se dévorent, saisis de furie, parce que leur instinct a saisi la fin prochaine et parce qu'ils ne savent pas comment y échapper.

La méfiance gagnait chacun, la discorde s'installait dans les cœurs et les âmes. *Ils ne mouraient pas tous mais tous étaient frappés.* C'était une épidémie de défiance et de haine qui affligeait l'Amérique. Nous sentions monter la catastrophe, et pourtant ce n'était peut-être qu'une illusion née des meurtres et des commentaires alarmants. Peut-être étions-nous plus angoissés encore par la marée permanente des commentaires que par les faits eux-mêmes. Et en attendant, nous tâchions de vivre.

Ethan eut le malheur d'être désigné à la vindicte après tant de peurs. Cette fois, ce n'était pas un de ces êtres étranges, fantomatiques, masqués, en uniforme de Batman, à moitié drogués, débarquant dans un cinéma pour abattre les spectateurs. Ce n'était pas non plus un de ces coupables sans nom s'enfuyant dans l'anonymat. C'était Ethan Shaw, l'ancien demi-dieu ; et sa victime, Clara Montes, allait devenir la fiancée de l'Amérique, l'innocence souillée puis assassinée. Les personnages étaient en place, l'imaginaire prêt à s'emballer et la violence à déferler. J'ai lu quelque part qu'une société est comme un gros animal pouvant hurler et mordre, et que les passions qui l'emportent ont la puissance élémentaire des tempêtes. C'est ce qui s'est passé.

Je connais Ethan Shaw, ou du moins je l'ai connu autrefois, et il n'avait rien à voir avec l'homme raconté, dévoilé, décrit, disséqué, obscurci, noirci, déformé mille, dix mille, un million, dix millions de fois.

Alors même que les écrans de Times Square s'illuminaient, d'autres Ethan Shaw que le mien surgissaient de la nuit du souvenir. Et, lorsque j'ai saisi mon portable dans ma poche pour lire davantage d'informations, d'autres personnages sont nés. Un nom les rassemblait : Ethan Shaw. Pour le reste… Journalistes, blogueurs, éditorialistes, commentateurs patentés, hurleurs et hurleuses s'adonnaient déjà à leur passion de l'urgence et du sang. Et inventaient Ethan Shaw.

Assommé, je suis rentré chez moi. Là, une fascination malsaine m'a fait allumer la télévision. Des écrans surchargés, colorés, des voix surexcitées m'ont bondi au visage.

Je connaissais mes collègues. Bien que les informations tournoient pour l'instant sans but, ils furetaient de tous côtés et bientôt j'en saurais davantage. Et pourtant, contemplant la même photo d'Ethan que celle qui était apparue sur les écrans de Times Square, photo dont

21

je ne parvenais pas à comprendre l'existence – d'où la tenait-on ? –, mon sentiment de dépossession se précisait : la multiplicité des apparitions d'Ethan ne faisait que noyer sa véritable identité. Il était comme évidé, simple masque de soie et d'épouvante, promis à la haine des foules. On allait le traquer, le trouver et le tuer, mais la figure que l'on chassait n'était qu'un leurre. Je ne niais pas sa culpabilité, ce n'était pas cela. Je niais la vérité du personnage créé sur les écrans du monde. Ethan Shaw multiplié était une fiction. Le véritable Ethan Shaw était un adolescent de Drysden qui jouait avec moi au tennis.

Inutile de dire que je n'ai pas dormi cette nuit-là. J'étais à Drysden.

3

Je ne dis pas qu'on connaît les hommes. Je ne dis pas qu'Ethan est innocent. Mais, en tout cas, l'homme qui a été décrit et analysé les jours qui ont suivi n'était pas Ethan Shaw. Je le sais. Qu'une part de lui me soit demeurée obscure, je ne le nie pas. Qui connaît vraiment un être ? Qui peut affirmer qu'il ne tuera pas ? Mais il était autre que ce qu'on a dit.

La première impression que j'ai de lui – et je ne sous-estime pas les flatteuses puissances de la nostalgie – est la facilité. Il y avait en lui une fluidité, du moins en apparence, qui s'exprimait dans ses coups au tennis comme dans les rapports humains. Une aisance. Il faisait tout avec naturel. À l'aise avec lui-même, il l'était aussi avec les autres. Je suppose qu'il en est ainsi de beaucoup d'êtres aimés. Il était toujours entouré de plusieurs personnes et chaque fois il semblait discuter gaiement avec elles. Il sortait avec beaucoup de filles, ce qui paraissait tout aussi naturel et, lorsqu'il les quittait, elles ne lui en voulaient pas, elles restaient des amies. C'était comme ça, voilà tout, il ne s'attachait pas, c'était un coureur et on ne lui en demandait pas plus.

Des années plus tard, à la télévision, j'ai vu un vieux film de 1973, *The Way We Were*, un petit classique de Sydney Pollack, avec Barbra Streisand et Robert Redford. Et soudain, considérant Redford jeune, courant sur les pelouses de l'université, j'ai revu la blondeur et l'élégance d'Ethan. J'avais un ami chez moi ce soir-là et je pense qu'il aurait aimé faire autre chose que regarder la télévision. Mais à partir du moment où j'ai vu apparaître le personnage de Hubbell-Redford, je suis resté rivé au film, le buste penché vers l'avant, revoyant Ethan, le passé, tout le monde disparu de mon adolescence, la petite ville de Drysden surgissant de l'écran.

Le film racontait l'histoire d'un amour entre Katie, une jeune militante communiste, intransigeante et laide, et Hubbell, un bel étudiant sportif et populaire. Je n'ai jamais voulu revoir le film mais, autant que je m'en souvienne, il s'agissait de l'union de ces deux êtres dissemblables dans l'Amérique des années cinquante. Et surtout, il me sembla que Hubbell ne ressemblait pas seulement physiquement à Ethan, mais qu'il en était à la fois le portrait et l'avenir. Il y avait dans la facilité de Hubbell la faiblesse qui allait le corrompre et, de même que le personnage allait devenir, après la publication d'un unique petit roman, un auteur de jeux télévisés, je m'étais dit qu'Ethan finirait comme Hubbell. Je ne sais pas comment j'ai pensé cela d'un être que j'avais autant aimé et admiré autrefois et qui était un héros pour moi. Mais le fait est que, derrière l'armure de séduction et de force d'Ethan, j'avais inconsciemment perçu la secrète fêlure et, maintenant que j'étais adulte, cette impression s'était révélée avec évidence : j'étais certain qu'Ethan se briserait contre sa propre faiblesse, comme Hubbell.

Cela, mon adolescence ne pouvait le comprendre ni même l'envisager. Au petit être complexé et solitaire était apparu un être opposé en tous points, un jeune homme solaire et puissant, de ce pouvoir éminent de la beauté et de l'éclat. Aux récréations, lorsque je sortais de la classe, je cherchais sa présence. Bien sûr, je n'osais pas le retrouver, il était avec ses amis, grands et braillards, qui m'auraient ignoré comme les autres, comme tous les autres. Mais je le cherchais du regard et sa présence me causait chaque fois une impression mêlée, faite de bonheur et de honte.

Au printemps de ma première année à Franklin eut lieu un jeu qui ne se répéta pas, malgré son succès. Les classes de dernière année organisèrent un tournoi de tennis avec des balles en mousse. Ne me demandez pas qui en eut l'idée, je ne l'ai jamais su et personne ne s'en vanta. On traça des courts avec des craies, on sortit des chaises pour ériger un filet. Il y avait des simples et des doubles. Et tout le lycée, ou presque, s'assembla autour des matchs qui se jouaient en vingt et un points comme au tennis de table. Chacun était capable de prendre part à ce jeu, qui n'exigeait pas tant de technique que d'agilité et de rapidité. Des adolescents qui n'avaient jamais touché une raquette de leur vie tapaient de toutes leurs forces et la balle rentrait dans les limites, s'écrasait sur le sol, tandis que l'adversaire se précipitait pour la relever en tapant lui-même comme un furieux, montant ensuite au filet comme les plus grands joueurs. C'était encore l'époque où l'Amérique avait de vrais champions de tennis, avec Sampras et Agassi, avant que les Européens ne l'emportent définitivement.

Ethan semblait beaucoup s'amuser. Évidemment, il gagnait tous ses matchs. Évidemment, j'étais fier de ses victoires, même si je n'osais pas le manifester. C'était bizarre, c'était comme une effusion de bonheur, bien plus puissante que si j'avais gagné moi-même. Ethan incarnait une forme d'idéal de ce que je n'étais pas, de ce que je ne pourrais jamais être, mais la position d'admirateur suffisait à me conférer un sentiment d'accomplissement : j'étais heureux d'admirer.

À un moment, on a proposé à Ethan de jouer un double. Il a cherché un partenaire dans la foule et son regard a croisé le mien, plein d'angoisse et d'attente.

Il m'a choisi.

J'étais plus jeune, j'étais méprisé, d'autant que bien sûr *la rumeur* commençait à circuler, et il m'a choisi. J'avais peur de ne pas être à la hauteur mais je me suis avancé, j'ai saisi une raquette et je me suis mis aux côtés d'Ethan. Il m'a dit de ne pas m'inquiéter, que nous allions gagner. Nos adversaires étaient deux élèves de très grande taille qu'on aurait plutôt imaginés sur un terrain de basket. Je me suis placé au filet et Ethan a commencé à servir : si la balle en mousse prenait peu les effets en général, elle réagissait assez bien au slice et il a fait d'entrée un ace. Sur le deuxième point, il a usé du même effet du côté opposé et je n'ai plus eu ensuite qu'à déposer une volée dans les pieds du géant emprunté qui me faisait face. Ethan m'a donné une tape sur le bras et j'ai souri. Nous avons gagné les cinq premiers points. Ensuite, quand le géant a servi, le jeu est devenu plus ardu mais je ne sais pas ce qui s'est passé, je me suis mué en un petit champion de la balle en mousse, spécialité d'un intérêt discutable dans la vie mais essentielle en ce matin de printemps à Franklin. J'ai gagné plusieurs points en glissant la balle dans les pieds des adversaires, en effleurant la ligne extérieure, en jouant de tous les vices de la douceur tennistique. Et puis Ethan était là. Nous avons gagné vingt et un à onze : comment oublier ce score ? Et surtout comment oublier qu'Ethan m'a pris dans ses bras, avec une ironie théâtrale et une joie surjouée qui, l'espace d'un instant, m'ont semblé laisser place à une sensation très troublante ? J'ai senti son odeur et sa peau, un peu rougie par la chaleur de l'exercice, et vraiment, vraiment, j'ai eu le sentiment qu'Ethan ne m'étreignait pas sans trouble et que sa théâtralisation en était le masque nécessaire, pour les autres et pour lui-même.

Nous avons serré la main de nos deux adversaires et c'était le plus beau jour de ma vie. Je le pense encore. Rien ne peut remplacer la puissance des premières impressions. L'âme, par la suite, est trop frottée d'émotions pour vivre la splendeur.

Cet épisode ne me sauva pas. Il fut cependant une bouffée d'oxygène. Si Ethan jouait avec moi au tennis, *la rumeur* ne pouvait être fondée. En réalité, elle l'était, bien entendu, malgré moi. Je ne me connaissais pas encore, même si je le devinais sans me l'avouer, même si une sorte de vérité tendait à s'extraire de la gangue d'inavoué, de doutes et de refus qui était alors le fond de mon être. Et cette vérité se révélait à certains avec plus d'évidence qu'à moi. Je devine le moment où elle a commencé à circuler : cela s'est passé au mois de mars. Je n'étais pas aimé, je l'ai dit, à Franklin, sans être non plus l'objet d'une hostilité particulière. Simplement, à l'exception d'Ethan, personne ne m'adressait la parole, sauf quelques mots banals de temps en temps. Parfois, on me demandait mes devoirs en maths.

La rumeur a pris forme en cours de sport. Nous étions en train de nous changer dans le vestiaire. Les autres garçons, en tout cas les plus musclés, ôtaient leur tee-shirt, montraient leurs abdominaux et leurs biceps, en discutant et en se vantant. Il y avait une sorte de déballage de virilité très primitif, je m'en rends compte maintenant, dans cette déambulation simiesque. Moi, je ne disais pas un mot (je ne me mettais jamais torse nu – peau pâle, long buste maigre) et je me dépêchais d'enfiler mon bas de survêtement, toujours le même, bleu et serré. Je me suis redressé. Je me suis tourné vers la sortie et, à ce moment, j'ai senti une tape sur les fesses puis j'ai entendu un rire. C'était Reynolds, un grand type musclé, torse nu, peau mate. Il était en caleçon, il me regardait, très content de sa plaisanterie, une petite lueur dans les yeux, tandis que les autres se mettaient aussi à rire. J'ai ri aussi, un peu, pauvrement, puis je suis sorti des vestiaires. Comme je fermais la porte, j'ai perçu des paroles, je ne savais pas lesquelles.

Maintenant, je le sais, par expérience. C'était *la rumeur*. Et si Reynolds m'avait mis une main aux fesses – car bien sûr c'était ça –, c'est qu'une nuance trouble commençait à s'organiser autour de moi et qu'il avait donné un nom à cette nuance, avec la lucidité perverse qui le caractérisait. Je n'avais pas su réagir.

Ce nom qu'ils donnaient à mes désirs, et donc à mon être, ce nom dont ils me désignaient, ils n'en étaient pas certains. Reynolds avait deviné sans trop y croire, puisque moi-même je rôdais autour de la vérité, ou plutôt je le savais sans me l'avouer. Mais il avait vu juste – senti juste plutôt. Et ce n'était pas bon. Aujourd'hui encore, les hommes qui aiment les hommes ne sont pas toujours les bienvenus. Il y a vingt ans, dans une petite ville à l'esprit étroit, dans un milieu adolescent traversé par des obsessions de virilité, c'était une tache écarlate apposée sur l'épaule. Les adolescents comme Reynolds existaient pour se poser en hommes et, dans la définition d'eux-mêmes, ils incluaient le rejet et la domination de ceux qui ne leur ressemblaient pas.

Je ne leur ressemblais pas. Je n'étais pas fort, je n'étais pas viril, je ne savais pas conduire, je ne sortais pas le samedi soir pour boire, j'étais intéressé par le savoir et je lisais des romans, ce qui était déjà suspect. Tout cela, je le faisais en me dissimulant, sans aucune fierté d'être moi-même, ce qui me semble, avec le recul, le plus dégradant. Je n'étais pourtant pas le seul bon élève du lycée mais j'en étais peut-être, si je puis dire, le seul intellectuel, à l'exception d'une ou deux filles peut-être. Je n'ai pas eu de chance de vivre mon adolescence dans un tel milieu. Plus tard, à l'université, j'ai rencontré beaucoup d'étudiants qui avaient eu des scolarités épanouies dans des établissements de grandes villes, ou même de petites villes, qui acceptaient la diversité des êtres. Mais à Drysden, on pratiquait la monoculture.

Ma chance, bien entendu, ce fut d'avoir pour ami le sommet de la chaîne animale. Reynolds et ses acolytes ne pouvaient se jeter sur le partenaire de tennis d'Ethan. Sinon, ils m'auraient déchiqueté, et d'ailleurs ils le firent presque lorsque Ethan s'en alla. Mais leurs raisonnements étaient si sommaires qu'ils doutèrent jusqu'au bout de leurs intuitions, parce qu'ils arrivaient à cet oxymore ultime d'Ethan et d'Adam Vollmann. Le demi-dieu et le chétif pédé.

S'il me faut continuer à présenter Ethan – et par là même briser le flot d'images et de paroles qui l'accusent, le modèlent et le déforment –, j'ajouterai le silence. L'envers de la facilité. Je n'étais jamais très à l'aise avec Ethan, car il parlait peu. En public, il pouvait en effet plaisanter, faire son numéro, séduire. En privé, il était plus timide et plus sauvage. Il était en réalité peu bavard et je crois que, si son succès était aussi éphémère avec les filles – quitter, c'est aussi être quitté –, c'était parce qu'il ne se livrait jamais. Je lui tenais des propos d'une grande banalité, je m'échinais à poser des questions. J'avais le sentiment qu'il m'aimait bien, j'avais même cru une fois, durant ce jeu de tennis, qu'il m'aimait plus que bien, mais comme il était difficile d'avoir une conversation avec lui ! En marchant à ses côtés, après l'entraînement, je lui parlais de sujets longuement préparés, ruminés toute la matinée pour lui plaire, auxquels il ne répondait que par des monosyllabes, certes parfois amusés, comme on donne une cacahuète aux singes. Je me sentais en permanence indigne, je n'arrivais pas à l'intéresser, j'étais trop petit, trop limité devant lui.

Un jour, au milieu d'un de mes flots bavards et angoissés, il m'interrompit pour me demander, d'une voix basse et pressée, si je voulais faire une marche en montagne avec lui. Abasourdi, j'eus un moment de silence. Il se tourna pour me regarder.

— Oui, avec plaisir.

Et c'est ainsi que, le dimanche suivant, je me retrouvai avec un sac à dos rempli de deux sandwichs, une pomme et deux bouteilles d'eau dans la voiture d'Ethan. Il y avait une montagne à côté de Drysden qui culminait à 4 000 mètres et qui restait assez sauvage. Il suffisait de conduire une demi-heure pour se retrouver en plein milieu de la nature. C'était un des rares avantages de Drysden. Il n'y avait pas cette intemporalité qu'on trouve dans certaines montagnes du Colorado, cette minéralité des origines qui libère une part secrète en l'homme, mais c'était tout de même d'une vraie beauté. Je n'ai d'ailleurs jamais compris comment les habitants de cette ville pouvaient être aussi étroits au milieu d'une nature si grande. Je l'ai vu dans d'autres contrées : parfois les hommes se rencognent lorsque leur milieu naturel les écrase.

C'était la première fois qu'Ethan et moi sortions des habituels repères de Franklin et du club de tennis. Je me sentais à la fois heureux, stupéfait et effrayé. Je me souvenais de la sensation intense et fugitive du tournoi de tennis, il me semblait que toute ma vie allait se jouer durant cette randonnée.

La marche a ceci de bon qu'il n'est pas nécessaire de parler. Ethan a garé la voiture, il a pris son sac à dos, s'est mis à marcher d'un bon pas et je l'ai suivi. Cela a suffi. Je me suis senti bien. Il faisait beau, le soleil n'était pas encore assez haut pour nous brûler et nous étions seuls.

Nous avons marché plusieurs heures, en nous arrêtant deux fois quelques minutes pour boire et souffler.

Puis nous avons choisi un grand rocher plat pour déjeuner. J'étais fatigué et j'avais chaud. Je me suis rafraîchi à un ruisseau. Ethan a ôté son tee-shirt et il s'est inondé d'eau. Il a souri en me regardant et je jure qu'aucun demi-dieu de l'Antiquité n'a été d'une beauté plus saisissante qu'Ethan Shaw en pied, ruisselant d'eau, semblable aux statues grecques des musées de Washington. Il semblait plus heureux qu'à Franklin, encore plus catégorique dans son affirmation de vie. Il était dans son élément. Seul et solaire, dois-je écrire, sans crainte du ridicule. Je me suis senti encore plus chétif et laid que d'habitude, mais même ce sentiment était transfiguré par l'admiration amoureuse, comme s'il était normal de se sentir si laid en face d'Ethan. J'étais heureux de mon infériorité.

Nous avons mangé en silence. Cela ne me pesait pas. Il y avait une sorte de douceur dans le partage de ce repas en face de la vallée. Nous regardions cette grandeur et c'était comme si elle rejaillissait sur nous en douceur, par le simple plaisir de la vue. Je n'avais pas peur, je n'étais pas gêné, je n'attendais rien. Je me contentais de jouir de ce que m'offrait le jour.

— Je vais te montrer quelque chose, m'a dit Ethan à la fin du repas.

Intrigué, je l'ai suivi, sans poser la moindre question. Il a laissé les sacs et, toujours torse nu, s'est dirigé vers le flanc de la montagne. Nous avons quitté le sentier, circulant entre les arbres et les rochers, escaladant quelques brusques ressauts. Cela pendant un quart d'heure peut-être. Nous étions loin de tout. Je sentais une étrange animation en Ethan et, comme je commençais non pas à le connaître mais à bien le deviner, je savais qu'elle était liée à la solitude. Il m'emmenait là où il savait pouvoir être seul.

Il m'a montré le lieu comme un enfant fier de sa cabane – de son royaume.

— C'est là.

Je n'ai vu qu'un trou, accessible à un animal de taille moyenne. Alors que je le regardais, interloqué, il s'est mis à se faufiler à l'intérieur. Je l'ai suivi en me tortillant comme un serpent et nous nous sommes retrouvés à l'intérieur d'une grotte de bonne taille dans laquelle nous pouvions nous tenir debout.

Je sais qu'il n'avait jamais montré ce lieu à personne. Peut-être n'étais-je qu'une dépendance de lui-même, un être si inoffensif qu'il pouvait me révéler ses secrets. Ou peut-être y avait-il une autre raison. Je l'ignore. En tout cas, si enfantin que ce soit, Ethan m'avait fait confiance.

Il s'est allongé sur le sol de la grotte. Je me suis assis. Le sol était à la fois granulé et poli. Je me suis demandé combien de générations d'ours s'étaient ici succédé. Ethan a fermé les yeux. Je l'ai regardé. Longuement, trop longuement. Il a ouvert les yeux et s'est rendu compte que je le regardais. J'ai rougi.

Il n'a rien dit. Il s'est redressé, m'a ôté mon tee-shirt. J'avais une conscience exacerbée de ce qui se passait, si intense que la scène en devenait fantastique. L'espace du désir ouvert par ces gestes courbait le réel. J'avais chaud et la sueur perlait à mes lèvres. Ethan m'a entouré de son bras et il a couché ma tête sur son épaule. Mes jambes tremblaient. Je sentais la douceur et la chaleur de sa peau, je me perdais dans son odeur. Je ne faisais rien. Il était l'aîné et le demi-dieu. Tout lui était dû et je n'étais maître de rien.

Il n'a pas fait d'autre geste. Son torse – la dureté, la présence de ce buste – collait au mien. J'avais du mal à respirer, parce que je vivais trop fort, d'attente et de désir, de peur et de désir. J'étais dans un état de stupéfaction qui ne s'est ensuite jamais reproduit de toute mon existence. Une surexposition de l'instant, comme une photo saturée de lumière. Cela allait au-delà de moi-même, poussait les limites de mon être et de mes perceptions.

Puis Ethan a retiré son bras, il s'est relevé sans un mot et il est sorti de la grotte. Il avait donné et il avait repris. Je n'étais pas déçu, j'aurais seulement voulu que ces moments durent davantage. Ethan m'avait donné tout ce que je pouvais espérer. Il aurait pu tout exiger de moi, je l'aurais fait. S'il se contentait de m'allonger près de lui, c'était bel et bon, puisque c'était ce qu'il voulait, et ce qu'il voulait était bon.

J'ai retrouvé la lumière au sortir de la grotte, éblouissante. J'ai titubé un instant avant de retrouver mon équilibre et de distinguer le dos d'Ethan, tourné vers la vallée. J'ai eu envie de me noyer dans sa chair et bien sûr je n'ai rien fait parce que c'était ainsi. Nous sommes revenus sur le lieu du pique-nique. Les sacs étaient encore là. Ethan a enfilé son tee-shirt sans me regarder. Je me suis rendu compte qu'il n'avait plus croisé mon regard depuis la sortie de la grotte.

— Redescendons.

J'ai hoché la tête. J'ai compris que c'était vraiment fini. Que l'instant s'était résorbé, que la grotte s'était close et que la paroi de la montagne, comme dans un conte pour enfants, avait refermé sur elle son volet de pierre. Sur le moment, je n'ai pas été triste parce que la vie m'avait offert un présent qui excédait la tristesse et le regret.

Par la suite, quand Ethan a lui-même interdit toute relation, lorsqu'il m'a dit qu'il ne pourrait plus m'entraîner au tennis, et qu'il a abandonné tout contact avec moi, sans brusquerie, avec une sorte de négligence, j'ai été triste, désespérément triste, parce que j'étais abandonné ; parce qu'il m'avait ouvert la porte des secrets et qu'il l'avait refermée, parce qu'il avait éveillé les désirs et les avait éteints ; parce qu'il m'avait donné l'accès à une autre vie, où je ne serais plus seul, pour me rejeter dans la solitude. Parce qu'il avait été le Maître et qu'il m'avait délaissé dans l'angoisse d'une servitude sans objet.

Pourtant, je suis né dans cette grotte et dans les bras du demi-dieu. Ce fut ma naissance mythologique, hors père et mère. Je suis né à moi-même, au désir et à la marge, dans une grotte de montagne qui avait vu naître des loups et des ours. J'ai su qui j'étais. Cela, je le dois à ce Maître fugitif, à cet adolescent muet et superbe dont je fus l'espace de quelques mois l'esclave consentant, attendant de devenir un être plein et libre.

Ethan est parti à la fin de l'année scolaire. Il était pris à l'université de Boulder, toujours dans le Colorado mais bien loin de Drysden. C'était ce qu'il voulait. Son dossier scolaire n'était pas très bon mais Boulder était avide de recruter pour ses équipes de foot et de tennis.

J'ai écrit plusieurs lettres. Plusieurs mails. Ethan ne m'a jamais répondu. Il avait donné et il avait repris. Je lui en ai voulu de ne pas me répondre. Ce n'étaient pas des lettres enflammées, c'étaient des phrases prudentes, mesurées, conformes. Je lui demandais s'il se plaisait à Boulder, je lui donnais quelques nouvelles à travers lesquelles on pouvait peut-être déchiffrer un appel, mais d'une voix si minuscule qu'il était aisé de ne pas l'entendre : rien. Pas un mot. La porte refermée. S'il te plaît, Ethan, je t'en prie, écris-moi un mot, juste un mot.

Il ne l'a pas écrit et je n'ai plus jamais entendu parler d'Ethan jusqu'à ce jour stupéfait où il est apparu sur les écrans de Times Square.

4

Je regarde la télé. Il est tard. Le cœur de la nuit. Un présentateur aux yeux perçants parle d'Ethan – de celui qu'il est devenu aux yeux du monde bien sûr. Photo en pied d'Ethan. Un homme en costume, avec une cravate. Ethan n'est pas de ceux qui portent un costume avec élégance, d'autant qu'il a épaissi depuis sa jeunesse. Il a l'air d'un représentant de commerce. Le cadre se resserre sur le visage : la définition devient approximative, les traits s'affadissent, pâlissent, communs et quelconques.

Ils auront réussi à anéantir jusqu'à son visage. Voilà qu'il devient une de ces formes vagues promises à l'opprobre et au procès, un de ces carrés en haut à droite de l'écran qui signent le crime et la malédiction sociale.

Le présentateur continue à parler : Ethan Shaw a trente-cinq ans. Un mètre quatre-vingt-six, quatre-vingt-quinze kilos. C'est un ancien joueur universitaire de football. Il possède un magasin d'informatique. Il est marié, sans enfants. Il vit à Drysden, comme sa victime.

Le présentateur se trompe. Ethan Shaw est le demi-dieu de la jeunesse et de la force. Il a toutes les femmes du monde car toutes l'adorent. Il n'a pas d'âge et pas d'identité sociale. Il est l'image de la perfection.

Et même si j'ai tort, même si Ethan a vieilli et s'est banalisé dans une biographie sans éclat, ce présentateur passe à côté de l'événement. La vague furieuse qui porte le crime s'aventure vers des rivages inconnus. Ethan Shaw n'est pas une biographie, il ne l'est plus en tout cas. Ses syllabes sont celles de la colère. Les meurtres des derniers mois ont chauffé la foule à blanc. Il y a eu dans la folie de ces crimes un mystère qui fait peur. La foule a peur, la foule est effrayée, la foule a besoin d'un nom.

La foule a besoin d'un sacrifice.

L'écran affiche désormais le visage de la victime, Clara Montes. L'image suscite le malaise : il y a tant d'innocence dans la photo virginale de cette jeune fille. Comment imaginer qu'elle ait pu être tuée ? Son visage est presque irréel, un peu flottant, comme dégagé de l'arrière-plan. C'est une adolescente brune de seize ans, souriante et gaie, comme toujours sur ces photos qui ne montrent la vie que pour mieux illustrer la mort. L'éclat et la jeunesse incarnés. Qui a eu l'infamie de détruire cet éclat ? Si c'est vraiment Ethan…

Une journaliste au visage concentré apparaît à l'écran, micro à la main. Derrière elle se dresse la maison des Montes, éclairée comme en plein jour par la furie des caméras, des lumières et des camions de télévision. La grande foire a commencé. La journaliste théâtralise son émotion. Son visage prend un air pathétique pour évoquer la jeune fille idéale et aimée de tous qui… J'éteins le son : pour l'instant personne ne sait rien et ils vont occuper la nuit entière de leur vacuité.

La boucle des images d'Ethan et de Clara me met mal à l'aise. Ils sont figés dans ces deux photos récurrentes sur lesquelles Ethan me paraît un inconnu pathétique et Clara une victime trop fragile et trop belle. La répétition permanente finit par créer de nouvelles identités, des êtres dont on oublie la réalité au profit des représentations. Ce qui m'irrite le plus, c'est la fausse objectivité des propos, le « coupable présumé » associé au nom d'Ethan, le ton neutre du présentateur, buste aristocratique face aux envoyés spéciaux abîmés dans l'émotion, afin de correspondre à une neutralité axiologique d'école de journalisme, dérisoire paravent de l'énorme barnum qui se met en place et qui est en train de bâtir la plus formidable machine narrative de ces dernières années. Un récit d'une puissance destructrice, plus puissante et plus convaincante que n'importe quel roman, à côté duquel Balzac ou Tolstoï sont des créateurs chétifs, démiurges sans commune mesure avec le monstre moderne aux mille yeux, aux mille poumons et aux mille bouches. Mille ? Dix mille, cent mille, un million, un milliard puisque chacun est un fragment du monstre. Personne jusqu'ici ne connaissait les noms d'Ethan Shaw et de Clara Montes, mais le roman est en train de se mettre en place, les premières pages se créent sous nos yeux, à travers une esthétique de la répétition, de la boucle et de la démultiplication qui n'a jamais existé dans l'histoire. Je le sais, je pratique ce métier depuis dix ans maintenant. Je sais ce que nous, journalistes, sommes capables d'inventer, même malgré nous, quelle mécanique d'aveuglement nous pouvons édifier, potence de la vérité et de la raison.

Ethan et Clara sont de bons personnages : un bon Américain, au parcours exemplaire, se révèle le meurtrier d'une belle jeune fille à l'innocence saccagée, le tout dans une petite ville de province dont on aime imaginer la paix et la sécurité. Il s'agit maintenant de susciter la tempête des passions par la construction d'une intrigue simple, ressassée à chaque instant du jour et de la nuit, enrichie de temps en temps d'un minuscule élément et soutenue par deux ou trois scoops qui viendront relancer la pitié et la terreur.

Ethan n'a aucune chance : il est jugé et condamné à mort avant même le procès, et je suppose d'ailleurs qu'il n'arrivera jamais au tribunal. La loi de la fatalité s'applique sans défaut. Et l'impitoyable force de ce *fatum*, c'est qu'il n'a pas été prononcé par les dieux mais par la parole énorme, diffuse, martelée de l'opinion.

Tout cela, je le comprends. Il n'y a aucune émotion à éprouver. C'est le fonctionnement du monde moderne. Cela ne signifie pas que je ne ressens pas de pitié, pour Clara Montes comme pour le lointain souvenir d'Ethan. Cela signifie simplement que c'est ainsi.

À un moment, je me suis endormi.

Au matin, je me suis éveillé devant les images muettes. L'écran scintillait pauvrement. J'ai pensé que les images, comme le vin et l'ivrognerie, n'aiment pas les matins. Je me suis levé du canapé, j'ai pris une douche et j'ai repris pied dans le monde. Je me suis préparé un thé, et il m'a semblé important que la bouilloire atteigne quatre-vingts degrés, que la théière soit passée d'abord à l'eau chaude et que je verse progressivement le liquide sur les feuilles séchées, libérant leur arôme. Sur le coup, je n'ai pas bien compris le sens de ce rituel.

Je suis allé au journal. J'habite Brooklyn et le trajet est assez long jusqu'au sud de Manhattan, mais j'avais plaisir à marcher et à prendre les transports en commun. Je sentais que je ne pouvais pas faire ma proposition au téléphone ou par mail. Surtout pas. Il me fallait une personne réelle. Les gens passent de plus en plus rarement au journal. Nous sommes célèbres pour le temps accordé à nos enquêtes et il n'y a pas de raison d'être présent dans les murs. Mais cela s'est accentué ces dernières années. Néanmoins, je savais pouvoir trouver mon rédacteur en chef.

J'ai eu un rendez-vous avec lui à 11 heures. Je lui ai fait ma proposition.

— Pas intéressant.

Cette réponse ne m'a pas surpris. Elle était dans sa manière. Steven Gall est un homme à la moue ennuyée et aux passions souterraines. Il a toujours l'air blasé, comme si tout n'était qu'une infernale répétition. J'ai redit, avec d'autres mots, que je voulais étudier non pas l'affaire Ethan Shaw en elle-même mais le traitement qu'on en faisait, la machine médiatique affolée. Quel que soit l'intérêt propre de l'affaire, son retentissement était d'une ampleur passionnante.

— Je ne suis pas d'accord. C'est un fait divers comme un autre, traité comme d'habitude à la façon d'un spectacle. Ça a déjà été vu mille fois. Et je ne vois pas pourquoi nous referions *The Fifth Estate*.

Je lui ai répondu que l'émission de CBC étudierait sans doute un jour la façon dont les journalistes avaient

41

traité l'affaire Shaw et que le *New Yorker* aurait alors l'antériorité.

— Le problème n'est pas là. Le problème, c'est que le traitement journalistique de cette histoire n'a rien de neuf et que tu vas retomber dans une dénonciation habituelle de la caisse de résonance des médias. En quoi est-ce nouveau ?

— Je ne sais pas. Je sens quelque chose. Ce fait divers est plus qu'un fait divers et les réactions sont excessives. Il y a quelque chose de nouveau sans que je sache encore quoi.

Steven a eu l'air intrigué.

— Qu'est-ce qui t'intéresse *vraiment* dans cette histoire ? Tu veux de nouveau te mettre la profession à dos ?

Je n'ai pas relevé. Je savais à quoi il faisait allusion.

— Je suis de Drysden.

Il a semblé stupéfait.

— Tu viens de ce trou ?

— J'y ai vécu cinq ans, les cinq plus mauvaises années de ma vie.

Il m'a regardé et il a souri.

— Je crois que je comprends pourquoi.

Il a consulté son portable.

— Cet Ethan Shaw est presque du même âge que toi. Tu le connaissais ?

— Non. Il a été dans le même lycée que moi mais je ne le connaissais pas.

Steven a eu une expression dubitative. Il est resté silencieux un instant puis il a fait défiler des titres sur son portable, qui avaient tous trait à l'affaire Ethan Shaw. Il s'est arrêté sur la photo de Clara Montes. La lumière de l'écran a jeté un éclat sur sa chemise sombre.

Il a eu une grimace dégoûtée.

— Fais ce que tu veux. Tu ne seras pas le premier à régler des comptes sous le couvert d'un article.

5

Je ne suis pas devenu journaliste parce que j'aimais le journalisme. Je crois même que je ne l'aimais pas. Je suis devenu journaliste parce que j'aimais la littérature, ce qui peut être considéré comme une erreur banale ou un idéalisme désuet. J'ai considéré qu'il fallait gagner sa vie et que beaucoup d'écrivains étaient passés par là. J'avais fait le compte : Hemingway était journaliste, comme García Márquez, Orwell, Camus ou Grossman. Ils avaient compris leur œuvre journalistique comme un engagement pour la vérité ou une ascèse stylistique.

Hemingway était celui qui me troublait le plus. Pour tout journaliste américain, Hemingway est la statue du Commandeur dont on se répète le mantra : « Ce qu'il faut, c'est écrire une seule phrase vraie, écris la phrase la plus vraie que tu connaisses… » Et je suis resté longtemps pensif devant les règles qu'il prétendait avoir apprises dans le « livre de style » du *Kansas City Star* : « Utilisez des phrases courtes, des premiers paragraphes courts, un anglais vigoureux, évitez les adjectifs, ce sont les meilleures règles que j'ai apprises dans le métier de l'écriture. » À l'université, j'avais suivi un cours où je m'étais rendu compte que ce n'étaient que des banalités rhétoriques connues depuis l'Antiquité.

Ce qui me troublait, chez Hemingway, c'était la part de fiction qu'il y avait en lui. Son rapport à la vérité et au meurtre. Tout cela me semblait obscurément lié. En apparence, Hemingway était cet homme d'action, ce correspondant de guerre qui avait développé la théorie de l'iceberg et de l'écriture objective, qui avait poli son style durant les années d'apprentissage à Paris. La construction de ce mythe avait été d'autant plus essentielle qu'il était miné par l'alcoolisme et la mort, que son amour de la vérité était travesti par le mensonge et le lent travail intérieur de la fiction, de sorte qu'à la fin on ne savait plus si son écriture appartenait à la vérité ou au mensonge. Hemingway était un homme qui s'inventait, et il avait su se créer une légende ; de même qu'à cinq ans il racontait avoir arrêté dans les rues de Chicago un cheval emballé, c'est dans ses rêves qu'il sauva Dos Passos des cornes du taureau, provoqua en duel celui qui avait insulté Ava Gardner ou libéra le Ritz à la tête d'une armée de mercenaires. Où est la phrase vraie ici ? À moins qu'on ne tienne pour vérité le profond rêve d'enfance qui anime Hemingway, lorsqu'il suivait son père médecin, pieds nus, une carabine à la main, sur les bords du lac Walloon dans le Michigan, peuplé d'Indiens, paradis qu'il s'ingénia sa vie entière à retrouver dans les légendes du chasseur. En vain.

Le point commun à tous les écrivains que j'ai cités est qu'ils voulaient avoir prise sur le monde. Je savais bien que cette prise, je ne l'avais pas. Il y avait une paroi de verre entre le monde et moi. Ces hommes que j'admirais détruisaient les parois de verre, érigeaient parfois des miroirs narcissiques qu'ils abattaient également, par dégoût de soi ou des autres, mais de verre en miroir, de reflets en duplications, se jetaient néanmoins à corps perdu dans la mêlée. J'en étais incapable. Du journaliste, j'avais la curiosité, ainsi qu'une certaine capacité d'analyse et d'écriture. Pour être un grand journaliste, il me manquait la prise sur le monde, l'accroche de l'alpiniste capable d'escalader les montagnes du réel. Et pour être un journaliste célèbre, il m'aurait fallu l'amour de soi et le goût du pouvoir, vices ou vertus dont j'étais privé. En somme, malgré le prestige du journal qui m'employait, j'étais un chroniqueur sans importance, une de ces signatures neutres et ignorées, anonymes.

Pourtant, si anonyme que je sois, j'étais l'héritier d'une tradition. Ruiné, moqué, dérisoire en notre époque d'illusion généralisée et de fausse gratuité de l'information, le journaliste est aussi celui qui doit, d'une certaine façon, ramasser l'épée du dévoilement, ce puissant glaive de la vérité dont se sont emparées les légendes tutélaires de notre profession : Carl Bernstein, Bob Woodward, du Watergate, John Reed, Ed Murrow, John Hersey, Ida Tarbell ou Seymour Hersh. Ces hommes, cette femme n'avaient rien, aucun pouvoir propre, et même, en tant que journalistes, ils étaient parfois anonymes eux aussi : Bernstein s'est occupé pendant dix ans des faits divers au *Washington Post*. Mais ils ont fouillé le réel, en ont extrait la boue, le mensonge et la gloire.

Seymour Hersh a été mon collègue au *New Yorker*. Lorsque je l'ai croisé pour la première fois, j'ai rougi de confusion. Au moment même où je choisissais ce métier, j'avais lu ses cinq articles de novembre 1969 sur le massacre de My Lai, au Viêtnam.

En 1968, le village de My Lai est brûlé, vieillards, femmes, enfants – il semble qu'il n'y ait pas un homme en âge de porter des armes – sont tués à la grenade, au fusil ou à la mitrailleuse par les soldats américains de la compagnie Charlie, dûment félicitée par le commandement américain. Parmi eux, trois hommes, soit l'équipage d'un hélicoptère, dont le pilote Hugh Thompson, très clairement de la trempe dont on fait les héros (après s'être opposé à sa hiérarchie et tandis qu'il fait sortir quelques villageois d'un abri, il ordonne à ses hommes d'ouvrir le feu sur les soldats qui s'interposeraient), refusent le massacre et sauvent une dizaine de civils. Quelques jours plus tard, le GI Ron Ridenhour dénonce le massacre aux autorités puis à la presse et, même si l'écho est insignifiant, le responsable d'un des pelotons de la compagnie Charlie, le lieutenant Calley, est inculpé de meurtre. La dépêche annonçant l'inculpation est lue par Hersh, qui mène l'enquête, rencontre plusieurs soldats de la compagnie, puis relate à travers cinq articles au retentissement d'une bombe le massacre de My Lai.

Seymour Hersh avait alors trente-deux ans et il croyait à la vérité. Une vérité difficile, avec les limites et la fragilité inhérentes à toute vérité sur terre, comme il devait l'exprimer plus tard : « Je pense que nous pouvons être une source d'espoir, parce que le monde est plus que jamais dirigé par des abrutis finis. Non pas que le journalisme soit toujours fantastique, il ne l'est pas, mais au moins nous offrons une porte de sortie, un peu d'intégrité. »

À l'époque où je le croisais au *New Yorker*, qu'il avait rejoint bien avant ma naissance, c'était un vieil homme aux lunettes carrées qui avait l'air d'un professeur d'université, pas du tout d'un baroudeur. Je n'ai pas osé le saluer. On ne dérange pas les icônes. Quelques années plus tôt, en 2004, il avait dénoncé les humiliations des détenus d'Abou Ghraib, à la suite d'une très longue enquête. C'est un homme qui lit, écoute, amasse des informations, comme il le dit. Un homme qui cherche des preuves.

Je relis ce que je viens d'écrire. Hemingway, Camus, Hersh ? Bien, très bien. Mon nom est Adam Vollmann.

Adam Vollmann.

Adam Vollmann.

Adam Vollmann.

Il arrive un moment, dans une existence, où l'on comprend qu'on n'est que soi-même mais qu'il y a peut-être une force suffisante dans ce seul moi, dans ce petit moi pétri de doutes, de failles et d'insuffisances. Et c'est à soi qu'il faut poser les questions.

Ai-je envie de relever le glaive de la vérité ? Et quelle vérité faut-il révéler ? Ma grande et dérisoire étude sur le traitement baroque et spectaculaire de l'affaire ? La vérité sur Ethan Shaw ? Ou la vérité sur Adam Vollmann ?

6

J'ai regardé la télé, j'ai écouté la radio, j'ai lu les journaux et je suis allé sur les sites. J'ai lu, entendu, amassé des informations. J'ai été frappé par la vacuité des propos et des images, comme je l'avais été dès la première nuit devant la télé : à l'évidence, s'il fallait bien nourrir l'immense tube à déverser l'information, il n'y avait en réalité aucun fait nouveau. Dans ces cas-là, d'ordinaire, la nouvelle se tarit d'elle-même, non parce qu'elle aurait perdu en importance mais parce que le tube n'a pas assez de substance pour se perpétuer. C'est une sorte de ver énorme, presque hideux dans sa voracité monotone et robotique, à toute heure du jour et de la nuit. S'il est vrai que la curiosité est une des passions humaines, le ver en est l'exact opposé : il n'est pas là pour renseigner mais pour se régénérer dans le mouvement infini de sa dévoration. Sur les plateaux se sont succédé sociologues, psychiatres, criminologues, bavards, les bouches à tout faire du ver universel. Maquillés, rajeunis, bien habillés, la parole confiante et assurée, contents d'eux-mêmes, ils n'ont rien dit : ils ont nourri le ver.

Un garde-chasse, interrogé sur place, a expliqué que le territoire sauvage du Colorado était si vaste qu'il serait presque impossible de découvrir Ethan Shaw, à moins que la faim ne le fasse sortir des bois. À un moment, il a dit : « Il ira vers une ferme pour y voler des provisions. J'en mettrais ma main à couper. C'est à ce moment-là qu'il faudra l'abattre. »

Plusieurs sites ont annoncé avec des titres énormes qu'Ethan était un récidiviste déjà condamné pour viol de mineure. J'ai vite compris qu'il s'agissait de faux. De même pour deux sites qui produisaient une photo de nu d'Ethan, le visage flouté, en parfait satyre. À force, tout devenait écœurant.

Les envoyés spéciaux qui tournaient à Drysden ne révélaient rien. Seule une photo de la famille Montes avait été ajoutée au tournoiement répétitif du ver, sans déclarations. À peine quelques mots de l'avocat de la famille. Il me semblait curieux qu'on n'ait même pas retrouvé les habituels témoins décrivant *une jeune fille si charmante, si brillante, aux résultats scolaires excellents, aimée de tous et de toutes, d'une générosité inouïe.* Sur Ethan, les résultats dérisoires m'intéressaient néanmoins. Il était *un voisin très aimable, dont on n'aurait jamais pensé que… C'était un informaticien remarquable qui…*

Je commençais à me dire que la formidable machine narrative mise en place dans le pays se grippait. À quoi bon inventer de si bons personnages si on ne peut rien savoir sur eux et si le récit ne progresse pas ?

Et soudain la photo est apparue : Ethan tel qu'en lui-même, en sa radieuse splendeur adolescente. La première qu'on retrouvait de lui. Je me suis senti rougir devant l'écran. Je le retrouvais comme il était autrefois, en sa blondeur et sa force. Et l'homme qu'on interrogeait et qui avait produit cette photo était l'ancien entraîneur de tennis de Drysden, Josh. Il avait beaucoup vieilli, ses cheveux étaient blancs et il avait les rides accusées, creusant le visage, des anciens sportifs dévorés par le soleil. Il parlait posément, avec une grande dignité, et c'était le premier qui me semblait parler vraiment de cette affaire.

Il a dit qu'il avait bien connu Ethan, qu'il l'avait entraîné pendant des années avant son recrutement. C'était un joueur doué, pas assez déterminé pour devenir un champion, mais très doué. Il avait gagné plusieurs tournois dans sa catégorie d'âge. Cette histoire de meurtre l'avait stupéfié, a-t-il encore dit. Il a hésité un peu puis il a ajouté : « J'ai même du mal à y croire. » Ce n'était pas facile de prononcer cette simple phrase dans l'hystérie ambiante, en particulier à Drysden, au cœur de l'action. La journaliste qui l'interrogeait a pris un air pincé. C'était la même femme qui avait eu ce visage dramatique et surjoué devant la maison des Montes. Elle a demandé, sur le ton d'un juge : « Comment ça, vous avez du mal à y croire ? » Josh s'est tu. Puis il a eu un mouvement du buste, comme s'il voulait se libérer du poids qu'on voulait lui imposer, et je l'ai bien reconnu lui aussi, comme si, en ce bref moment, on voulait me libérer des faux-semblants pour me redonner accès à la source de la vérité et du passé. Il a dit qu'autrefois toutes les filles couraient après Ethan et qu'il avait du mal à l'imaginer en violeur et en meurtrier, voilà tout. Il ne s'est pas étendu davantage. La journaliste a donné l'impres-

51

sion de se contenir avec difficulté et, d'un sourire crispé, elle lui a demandé : « Vous ne vous êtes jamais dit que c'était peut-être un pervers ? Qu'il avait peut-être beaucoup changé depuis le lycée ? » Elle a tendu son micro, comme pour fouiller le menton de Josh à la recherche de l'aveu caché. Josh n'a pas répondu. Il s'est contenté de la regarder, le menton légèrement relevé.

À l'exception de cette interview, je n'ai rien entendu, rien vu. Juste le ver. Juste le vide. De Clara Montes, on ne savait rien. Elle n'était qu'une photo que l'absence finissait par évider. D'Ethan Shaw, on ne possédait – si le terme de possession traduit la fugitive prise – que deux apparences, qui ne signifiaient rien pour ceux qui ne l'avaient pas connu en personne et qui ne pouvaient imaginer le chemin parcouru en dix-huit ans du demi-dieu au criminel *présumé*. En somme, c'était un récit vide.

Cela va se calmer, ai-je pensé. Tout simplement parce que désormais la réalité n'est perçue qu'à travers le récit, le plus souvent faux, de son avènement, par médiations successives et trames narratives superposées. Si le récit s'épuise, l'invention du réel aussi. Et peut-être, après la construction du meurtrier, pourrait-on s'en remettre à la justice et à sa vérité.

Je me suis trompé. Deux jours plus tard, alors que le réel allait peut-être, en effet, ramener ses circonvolutions serpentines à la plus simple nudité des faits, une salve de mails présentait à des millions d'Américains trois photos de Clara Montes : la photo en pied d'une jeune fille qui entrait dans l'eau, Clara en robe blanche puis un corps presque nu allongé sur le sol.

J'ai reçu cela. Nous avons reçu cela. Sans doute par l'intermédiaire de bots et d'adresses piratées. Plusieurs millions d'adresses. Et soudain, l'incursion dans nos vies, à 22 h 37 pour moi, d'un corps et d'une nudité. Je ne sais pas ce qui s'est passé et personne ne l'a su, mais le fait est que Clara Montes est entrée dans nos vies, avec sa peau soyeuse, son regard un peu trouble de myope, son sourire et sa silhouette adolescente.

La première photo la montrait à demi tournée vers l'objectif, au moment même où elle pénétrait dans l'eau, le pied prudent, comme un petit chat. La position laissait deviner ses seins. Elle souriait. La définition du premier plan était très fine puis peu à peu, une pixellisation diluait les formes, noyait les rives du lac dans une approximation cubiste, tout devenait abstrait.

Chaque photo répétait ce même processus d'abstraction, à travers laquelle la sensualité frappante, même pour un homme comme moi, de la jeune fille, subissait une déréalisation progressive. Ainsi, la robe blanche enveloppait d'abord une peau souple et mate qui faisait irruption dans la nuit de l'ordinateur puis se décomposait en petits cristaux à mesure qu'on descendait vers les chevilles, au point que celles-ci semblaient exploser en fragments impalpables et translucides.

Je suis resté immobile devant la dernière photo. Alors que l'arrière-plan obéissait là encore à la loi de décomposition, cela ne faisait que renforcer la présence du corps, sa chair, sa peau, le surgissement même de la nudité. Il y avait dans cette pose une obscénité qui accablait, pas par la photo elle-même mais par les projections meurtrières qu'elle semblait annoncer, le corps nu, violé et abandonné de Clara Montes. Ce soir-là, la photo muette d'un visage ravissant s'est transformée en personne, le personnage a pris chair et Clara a gagné pour identité, sur des centaines de sites, la périphrase trop usée de « petite fiancée de l'Amérique ». Il y avait dans cette appellation la même obscénité, sous ses allures naïves et mièvres, que dans la dernière photo : j'y ai lu la convoitise secrète et vicieuse pour l'adolescente, un voyeurisme nécrophile qui m'a dégoûté. Mais il faut bien dire que, sur ce point, je n'en étais qu'aux débuts.

Bien sûr, tout le monde s'est demandé qui avait envoyé ces photos. La famille, qui trouvait que la chasse tardait trop ? Des avocats en mal de retentissement alors que l'écho de l'affaire s'amoindrissait ? Certains ont avancé que le responsable ne pouvait être qu'Ethan Shaw, informaticien et violeur assassin, puisque ces photos portaient en elles la mort et le sexe. Cette hypothèse, à mon sens fausse, me paraissait la moins absurde : les images arboraient l'emblème du désir. Quel regard se cachait derrière l'objectif ? Cela ne pouvait être qu'un amant. Je le lisais dans le sourire et l'attitude de l'adolescente. Et même si Ethan était innocent du meurtre, il était possible qu'il soit à l'origine de la photo. À dix-huit ans, il serait sorti avec Clara Montes. J'en suis certain. C'est exactement le genre de beauté qui lui plaisait : une floraison de jeunesse et d'éclat. On ne pouvait pas écarter l'idée qu'il ait couché à trente-cinq ans avec une fille de seize.

Quoi qu'il en soit, le ver a été gavé. L'affaire est repassée au premier rang de l'actualité. Même le président des États-Unis a écrit un tweet : « Pitié et miséricorde pour

Clara Montes, fureur et châtiment pour le meurtrier qui souille notre communauté. »

Et aussitôt le tweet a été commenté par des millions d'autres tweets, analysé à la radio et à la télé, répercuté par l'immense et folle caisse de résonance du monde. L'épuisante société du bavardage. Je suis resté dans mon coin, comme d'habitude. Cette phrase m'en rappelait une autre que je ne parvenais pas à identifier. J'y ai réfléchi en vain. Puis je me suis préparé des pâtes et des œufs pour mon déjeuner, toujours en regardant la télé. À un moment, je me suis dit que mon métier n'était pas épuisant. Pas très intéressant non plus. Faire le compte des bavardages et tenter de comprendre comment s'organisait le récit de l'affaire Shaw : une nouvelle sensationnelle, un écho qui enfle, un déferlement puis un enlisement, avant que la nouvelle ne soit relancée par les photos. Si j'avais bien suivi mes cours à l'université, il s'agissait donc d'un début *in medias res* puis d'une sorte de récit rétrospectif, avorté puisqu'on avait appris peu de choses sur les protagonistes, avec une péripétie qui faisait rebondir l'action.

Je me suis endormi en écoutant les commentaires. Et c'est à l'intérieur de mon sommeil que des mots sont venus marteler ma mémoire, comme exigeant la délivrance. Je me suis réveillé avec un nom : Œdipe.

Un peu titubant, je suis allé vers ma bibliothèque et j'ai pris mon volume rassemblant les tragédies antiques d'Eschyle et de Sophocle. J'ai un peu cherché, j'ai pensé qu'il s'agissait probablement d'une phrase d'*Œdipe roi*. Et voici ce que j'ai trouvé chez Sophocle :

Le seigneur Phébus commande expressément
D'extirper de ce sol la souillure qu'il nourrit.

Et Œdipe, roi de Thèbes, demande alors à Créon, son beau-frère :

Quel est ce mal et comment s'en purger ?

Créon répond :

Par l'exil ou la mort du meurtrier.
Car c'est le sang versé qui tourmente la ville.

Une fois que j'ai lu ces vers, qui se trouvent à l'orée de la pièce, dès le prologue, j'ai senti qu'il fallait la relire. J'en avais un très faible souvenir, je ne sais même pas si je l'avais déjà lue en entier. Simplement, je me souvenais de cette notion de souillure essentielle aux tragédies : la cité est souillée par un élément étranger et l'action consiste en l'effacement de cette souillure.

J'ai lu la pièce en une heure, de plus en plus stupéfait. La scène se situe à Thèbes devant le palais royal. Un prêtre demande à Œdipe, qui a déjà été autrefois, face au Sphinx, un sauveur, de délivrer la ville accablée par un mal secret : fruits, bêtes, hommes, femmes et enfants périssent. Le roi répond qu'il a envoyé Créon demander le jugement du dieu Phébus, et lorsque celui-ci revient, il explique que la cité de Thèbes doit effacer la souillure du meurtre de l'ancien roi Laïos, faute de quoi le châtiment se perpétuera. Et c'est pourquoi Œdipe promet d'« ôter cette tache » de Thèbes afin de mettre fin au mal.

Cet homme quel qu'il soit, j'interdis à quiconque
dans ce pays où j'ai le pouvoir et le trône,
de le recevoir, de lui parler,
de l'associer aux prières ou aux sacrifices
et de lui donner l'eau lustrale.
Tous doivent le rejeter de leurs maisons.
Il est pour nous une souillure.

Comme l'affirme le chef du chœur, le coryphée, le dieu ordonne l'enquête pour désigner le coupable. Et c'est le devin Tirésias, celui qui « nourri[t] la vérité puissante », qui va s'en charger, en face d'Œdipe, après avoir refusé à plusieurs reprises de parler. Il prononce la phrase terrible :

Je dis que tu es le meurtrier que tu cherches.

Œdipe chasse Tirésias et accuse Créon, qu'il a fait venir, de traîtrise, puis réclame sa mort. Jocaste, femme d'Œdipe et sœur de Créon, tente d'intervenir, arguant qu'« aucun mortel ne possède l'art de prophétiser », pas plus Tirésias qu'un autre. Mais à mesure qu'elle argumente, rappelant qu'un devin lui avait prédit que Laïos serait tué par son propre fils alors qu'il a été battu à mort par des bandits, Œdipe se rend compte qu'elle parle peut-être de lui, qui a tué un homme avec son bâton à une bifurcation de route. Un serviteur survivant de la scène est alors appelé, lui qui s'était exilé depuis la venue d'Œdipe au pouvoir. Et, peu à peu, de témoin en témoin, Œdipe comprend, après tout le monde, alors que Jocaste elle-même s'est enfuie d'horreur, sans dire un mot, qu'il est le meurtrier de son père Laïos et le mari de sa mère Jocaste, le frère et le père de ses propres enfants.

Ce qui est terrifiant, à la lecture de la pièce, et ce n'est pas un vain mot, c'est la vision de cet homme qui se débat face à la vérité, alors que le lecteur et spectateur, en avance sur Œdipe, assiste à l'échafaudage tragique du malheur, le fameux renversement du bonheur au malheur prôné par Aristote. C'est Œdipe lui-même qui enquête sur le crime qu'il a commis et qui découvre avec une horreur croissante qu'il est l'auteur de ce crime, du plus affreux crime de l'humanité, celui de parricide et d'inceste. Son aveuglement finit par céder, il voit clair et justement parce qu'il voit clair, parce qu'il découvre dans ses appartements le corps suicidé de Jocaste, il se crève les yeux avec « les agrafes d'or dont elle attachait ses vêtements », le sang de ses prunelles ruisselant de ses joues. Dans ce ruissellement, il me semble percevoir l'effacement de la tache infamante : « J'ai donné ordre à tous de chasser cet impie, celui que les dieux révélaient impur. » Œdipe se condamne à l'errance aveugle, l'impur est banni de Thèbes, la souillure est effacée, le mal quitte la ville. Fruits, bêtes, hommes, femmes, enfants peuvent recommencer à vivre.

Œdipe roi est la seule pièce à la lecture de laquelle j'éprouve vraiment les sentiments de pitié et de terreur que la tragédie, d'après Aristote, est censée susciter. Parce que les émotions ne proviennent pas du châtiment lui-même mais de l'attente de la révélation : le crime est atroce et contempler cet homme progressant en aveugle sur le chemin de sa perte, acharné, dans sa sincérité, à découvrir le meurtrier et comprenant peu à peu que ce meurtrier, c'est lui-même, suscite en effet terreur et pitié. Le président Clifford sait de quoi il parle. Il a été acteur autrefois. A-t-il écrit consciemment ce tweet en référence à l'antique châtiment ? Je l'ignore. Mais il a bien dépeint la situation : le pays est atteint d'un mal secret et la communauté doit se débarrasser de la souillure du meurtrier. Coupable ou non, Ethan jouera ce meurtrier.

7

L'enterrement de Clara Montes a été suivi par vingt personnes et trois cents millions d'Américains. La famille de Clara avait interdit la cérémonie aux étrangers mais vendu les images à toutes les chaînes. D'après ce qu'on dit, c'étaient des immigrants mexicains sans le sou, ils sont désormais riches à millions.

Au milieu de la journée a eu lieu une marche blanche à Drysden. Plusieurs milliers de personnes ont défilé en silence. Mais les pancartes demandaient la justice pour Clara. Si le nom d'Ethan n'était pas cité, il était dans toutes les têtes. Les visages étaient graves, le pas lent. J'ai vu des clowns aussi détestables que je les avais quittés il y a dix-sept ans. Je ne crois pas à leur chagrin. Ils nous jouent la comédie de l'union et des pleurs. Il n'y a rien de sincère dans cet apparat du deuil. Qui connaissait Clara Montes ? Personne n'a trouvé un seul témoin dans cette ville. Une seule amie.

Dans l'après-midi, à la télévision, on voit les vingt personnes suivre le cercueil. Quatre hommes le portent, les parents marchent juste derrière. Une femme grasse aux cheveux rouges, un homme épais sanglé dans un costume noir. Ils pleurent. Je suppose qu'il n'y a rien de plus terrible que de perdre un enfant, surtout ainsi. Ils n'ont pas oublié leurs intérêts, d'une façon assez répugnante, mais pourquoi seraient-ils les seuls à ne rien gagner du spectacle ? Ils ont payé, vraiment payé, que les chaînes payent à leur tour ! Les visages sont déformés par les pleurs.

Le cercueil est descendu dans la terre avec des cordes. Les croque-morts font leur travail, avec un air digne de circonstance. Le cercueil touche le sol. La caméra aura même saisi ces images. Hors champ, on entend un cri. L'appareil semble sursauter et tout d'un coup fait surgir le visage hurlant de la mère, la bouche ouverte, avec un cri rauque qui semble emplir l'image. Un trop-plein. Ce sera le seul moment de sincérité, hors champ, hors cadre, hors apprêt.

C'est pour ce moment que j'ai décidé de me rendre à Drysden, afin d'échapper au spectacle. Pour cet instant sorti du cadre des conventions, du récit, cet instant de pure douleur, du moins m'a-t-il semblé, qui m'a frappé comme il a frappé chacun, puisque dans la minute les réseaux sociaux s'agitent, frétillent, bruissent d'émotions et de pleurs.

Ce n'était pas l'article que j'avais annoncé. Ce n'était pas l'enquête sur la machine narrative. C'était la recherche de la vérité. Mon rédacteur en chef ne m'en voudrait pas : il n'avait sans doute jamais cru à mon article. Moi si. Pas très longtemps.

Avant de partir, j'ai voulu prendre un peu de plaisir parce que je savais que là-bas ce mot, pour les gens

61

comme moi, était banni. J'ai profité de mon monde, New York, de son gigantisme, de sa multiplicité, de son ouverture. Les grandes villes n'ont pas que des avantages, elles sont aussi une part du spectacle, et New York plus que les autres, mais la sexualité anonyme s'y épanouit. Dans les petites villes, chacun a un visage. Dans les grandes, les identités se perdent. En quelques clics, j'ai rencontré un amant au physique agréable. Une demi-heure plus tard, il était chez moi.

Il était brun, la peau mate. Il s'appelait Juan. Il m'a dit bonjour avec un sourire. Je lui ai proposé un verre, je me suis assis en face de lui et je l'ai évalué. Ces rencontres d'un soir m'ont toujours à la fois séduit et gêné. Elles m'excitent sans que je puisse m'y abandonner. L'étranger reste l'étranger et un fond de méfiance me fait cacher mon portefeuille, mesurer les gestes et les réactions. Juan m'a semblé sans danger. Détail curieux, l'étroitesse de ses épaules m'a rassuré – il m'a semblé qu'un être sans épaules ne pouvait me faire de mal. Je le lui ai dit.

— Tu ne vas pas me faire de mal, je pense.

Il a eu l'air surpris. Il a secoué la tête. Je lui ai demandé s'il était mexicain. Il a répondu « oui ». Comme les parents de Clara Montes. Je croyais sortir du spectacle, je ne faisais que reproduire les images. Mais il était beaucoup plus beau que le père de Clara. J'ai dit :

— Tu es beau.

Il s'est approché de moi sans un mot. Je l'ai accueilli.

À un moment, j'ai entendu un bip sur mon téléphone. J'ai tourné la tête. Je me suis senti gêné, comme s'il y avait une présence dans l'appartement. De la main gauche, en me dissimulant, j'ai saisi le portable pour le jeter sous le canapé et nous soustraire à son regard. C'était absurde et je ne sais pas si c'était l'approche de Drysden mais tout d'un coup je me suis senti observé et menacé. Coupable.

8

Le lendemain, j'ai pris l'avion pour la ville maudite.

À cet instant de mon histoire, je crois nécessaire de décrire Drysden. On l'aura compris, il y a pour moi, en ce lieu, la concentration de tout ce que je déteste en Amérique, comme beaucoup d'Américains d'ailleurs, qui haïssent cette part de notre pays : la petitesse, le conformisme, l'absence totale d'intelligence et de curiosité, jusqu'à la fermeture, l'amour excessif de la force et de la virilité, l'appétit sordide du gain, sans même la démesure cupide qui distingue certains habitants des grandes villes. Chaque pays a sa part sombre mais, comme c'est le mien, j'y suis plus sensible.

Drysden doit compter vingt-cinq mille habitants environ, tout en étant longue de vingt kilomètres. C'est dire l'étrange espacement de cette ville résidentielle et morne coupée en son centre par une bifurcation d'autoroute. Son étirement m'a toujours fait penser à une sorte d'hippocampe apposé sur une terre sèche et plate au milieu des montagnes. De part et d'autre de l'autoroute se sont multipliés des magasins et des restaurants qui sont parmi les plus mauvais que j'aie jamais connus, environnés d'immenses pancartes qui défigurent le paysage. Sinon, ce sont des maisons avec des petits jardins, dupliquées, et parfois des bâtisses un peu plus grandes qui font l'orgueil de leur propriétaire. Il y a deux lycées, qui attirent des élèves des environs, un terrain de football, quelques terrains de tennis et des anneaux de basket un peu partout. Il fait chaud, la climatisation est froide. Le centre-ville est formé d'une grande rue où trône l'armurerie, l'enseigne la plus prestigieuse de la ville, avec l'incontournable Don't Dial 911, un bar-restaurant à burgers qui est la seule adresse potable, la mairie et la police.

On ne peut pourtant pas dire que Drysden soit laide. Il s'agit plutôt d'une ville morne, avec des passions faibles et diluées qui peuvent cependant se concentrer de façon intense. Une ville qui vit d'une façon lente et tranquille et, même si je l'estimais rongée par une lèpre morale dans mon adolescence parce que j'y étais malheureux, il faut bien avouer qu'elle est sans doute semblable à beaucoup de petites villes sans intérêt de notre territoire. Je suppose qu'elle n'est maudite que pour moi et, si Clara Montes n'y avait pas été assassinée, elle aurait poursuivi son destin de ville ignorée, avec ses joies, ses tristesses et ses haines.

C'est cette ville que j'ai retrouvée pour la première fois depuis mon adolescence. L'avion a atterri à Boulder, j'ai loué une voiture et j'ai conduit à travers les montagnes. À un endroit, la route serpente dans la solitude, très haut, puis elle redescend et se transforme en autoroute pour arriver à Drysden. Mon portable m'a guidé jusqu'à l'appartement que j'avais loué près du centre-ville. Je me suis garé dans la rue. Une personne m'observait derrière ses rideaux. Je suis sorti de la voiture, j'ai pris ma valise et je suis entré dans l'immeuble de trois étages. J'habitais au deuxième, dans un deux-pièces de très petite taille. Il y avait une chambre avec un lit et un placard, un salon avec une table à manger ronde trop grande, un canapé Ikea et un poste de télé. L'ensemble était d'une laideur amusante.

Je me suis assis sur le canapé. Je suis resté longtemps immobile.

Je prétends que tout ce que nous vivons est un livre ou un film. En tout cas une fiction, recomposée ou non. Le film en cours s'intitulait *Retour à Drysden*. Je logeais dans un décor de film policier. La route qui serpentait dans les montagnes était celle de *Shining*. Comme dans le film de Kubrick, une caméra dans un hélicoptère avait filmé le trajet de la voiture. Drysden n'existait pas. Le monde n'existe pas. Le monde est une histoire pleine de bruit et de fureur.

Je revenais dans mon passé, à la recherche d'Ethan Shaw, à la recherche du sens de la fureur. Je devais me dégager des représentations pour trouver la vérité, mais est-il possible, dans le monde des images et des récits, de la dévoiler ?

J'étais d'autant plus démuni que mon expérience de reporter était maigre. Comme beaucoup d'autres, j'étais un journaliste en chambre, pas un homme de terrain. Peut-être avec bonheur d'ailleurs, car un reporter n'est rien d'autre qu'un homme d'histoires. C'est en tout cas ce qu'on m'a enseigné à l'école de journalisme : le reporter transforme les faits en *stories*. Je l'ai dit, on n'y échappe pas, on n'y échappe plus. Les histoires s'em-

66

parent de nous, et avec elles la fiction. Le monde n'existe pas.

J'ai appris à l'école que le reporter, pressé à l'origine par le mode de communication du télégraphe, répondait aux « 5 W » : *who, what, where, when, why* – qui, quoi, où, quand, pourquoi ? Hemingway dit qu'il est l'inventeur des 5 W. Bien sûr, il ne l'est pas. Fiction. Le monde n'existe pas.

Au *New York World*, à la fin du XIXᵉ siècle, des panneaux sur les murs arboraient les mots suivants : « Exactitude, Exactitude, Exactitude ! Qui ? Quoi ? Où ? Quand ? Pourquoi ? Les Faits ! Les Faits ! Les Faits ! »

Je m'appelle Adam Vollmann, j'enquête sur l'affaire Ethan Shaw, je suis à Drysden dans un proche passé si obsédant que je n'en suis jamais sorti. Pourquoi ? Parce que c'est mon devoir, mais je suppose que ce n'est pas la bonne réponse.

J'ai dormi un peu. J'étais fatigué. Fatigué par le passé qui revenait en boucle. Lorsque je me suis réveillé, nous étions au cœur de l'après-midi. Je suis sorti dans la rue, sans m'être changé. J'étais en costume, ces étroits costumes cintrés à la mode, je suis vite devenu poisseux de chaleur sous le soleil. Je ne me souvenais pas de cette chaleur, plus sèche qu'à New York. J'ai marché à travers le centre-ville, qui avait peu changé. Je me suis demandé si j'allais rencontrer des connaissances. J'avais beaucoup changé, personne ne me reconnaîtrait, mais moi je pourrais peut-être me souvenir.

Je n'ai rencontré personne. Alors j'ai pris ma voiture, j'ai conduit jusqu'au domicile de Clara Montes, dans la périphérie de l'hippocampe, dans les lacis de la queue. Deux camionnettes de journalistes étaient garées mais il n'y avait plus rien de l'affolement de la première nuit, gavée de sons et de lumières. Au contraire, il y avait cette atmosphère vide et défaite de l'oisiveté contrainte. Rien ne bougeait.

J'ai attendu dans la voiture. Je regardais la petite maison grise où habitaient les Montes et où Clara avait vécu sa courte existence. Des pièces étroites, une vie étroite, étouffante, dans une ville que j'avais moi-même trouvée étouffante. Les photos de Clara que j'avais vues ne ressemblaient pas à cette maison ni à cette ville : elles étaient pleines de vie, elles revendiquaient la vie, elles l'exigeaient. Que fait-on, dans cette ville, lorsqu'on exige la vie ?

J'ai attendu plusieurs heures. Ça, je sais faire. J'ai pris des notes sur l'affaire, dans un carnet vert. Pas des notes indispensables mais certaines considérations hachées, avec ma petite écriture illisible. L'ordinateur pour écrire les articles et les mettre en forme, le carnet vert pour réfléchir. Tous mes carnets sont verts. J'aime bien cette couleur. J'ai dessiné la maison. Un croquis maussade.

En fin de journée, la femme aux cheveux rouges, la mère de Clara, est sortie de la maison. Elle portait des lunettes noires, pour montrer qu'elle voulait se cacher, et marchait à pas rapides.

Je l'ai suivie à pied. Personne n'avait bougé dans la camionnette des journalistes. Comme elle marchait vite, il fallait que je me presse. Elle ne s'est pas retournée.

Elle est entrée dans un magasin d'alcools. Je l'ai suivie, elle a acheté des bouteilles de bière. Puis elle est sortie, elle a marché de nouveau, plus lentement. Elle a poussé la porte d'un jardin public, s'est assise sur un banc et s'est mise à boire. Deux mères surveillant des enfants l'ont observée avec une moue réprobatrice. Elle ne s'en souciait pas. J'ai pensé à son hurlement de bête à l'enterrement. Cette femme suivait ses envies et ses émotions. Peu importait l'avis des autres.

Je me suis assis à côté d'elle. Elle n'a pas tourné la tête. Elle a continué à boire sa bière.

— Mes condoléances.

Elle a haussé les épaules.

— Ce qui vous est arrivé est terrible. Votre fille, je veux dire.

Elle s'est arrêtée de boire pour me regarder. Une vieille cicatrice balafrait la base de son nez et remontait jusqu'au milieu du front. Son nez était large et épaté. Elle était laide et sa fille ne lui ressemblait pas du tout.

— Ethan Shaw est un porc et j'espère qu'on le trouvera et l'empalera comme un porc, un pic dans le cul qui ressort par la bouche.

Son accent mexicain était très prononcé.

— Les journalistes vont ont beaucoup importunée, ai-je poursuivi.

— On m'a emmerdée à mort.

Et elle a continué à boire. Je ne savais pas comment elle faisait.

— Vous connaissiez Ethan Shaw ?

— Tout le monde le connaît.

— Et votre fille ?

Susan Montes a regardé sa bouteille de bière.

— Vous êtes flic ?

J'ai compris que l'entretien était terminé.

— Je suis désolé de vous avoir dérangée, ai-je dit sans insister, en me levant.

Elle a eu l'air surprise. Je l'ai saluée poliment et je suis parti. Elle m'a suivi du regard alors que je m'éloignais.

Je suis revenu à ma voiture. J'ai tourné dans la ville. À un moment, je suis tombé sur l'autoroute, j'ai conduit tout droit. Il n'y avait personne, j'ai pensé que la route avalait les voitures et que tout disparaissait. Lorsque la nuit est tombée, j'ai fait demi-tour et je suis rentré à l'appartement. Drysden me faisait agir bizarrement.

Le lendemain, je suis allé jusqu'à l'entrée du lycée. J'ai vu Ethan remonter en courant les marches, comme autrefois. Je suis sorti de ma voiture et, à la fin des cours, j'ai exhibé mon carnet vert, mon stylo et je me suis planté devant une fille en jupe courte qui descendait les marches. Je lui ai dit que j'étais journaliste, ce qui a paru lui faire plaisir. Je lui ai demandé si je pouvais lui poser quelques questions, à commencer par son nom : ses yeux ont brillé de joie. Elle s'appelait Sandra. Connaissait-elle Clara Montes ? Elle s'est rembrunie. Elle n'avait jamais vu Clara Montes, qui n'étudiait dans aucun des lycées de Drysden. Elle le savait parce qu'ils en avaient beaucoup discuté en cours ; et justement personne n'avait jamais entendu parler d'elle, nulle part. Elle n'étudiait pas à Drysden, et elle ne faisait pas non plus partie des différents clubs de sport ou de musique de la ville.

Sandra a souri. Elle retrouvait sa superbe. Une fille qui n'appartient à aucun club de la ville ne mérite pas qu'on en parle *vraiment*.

Et connaissait-elle Ethan Shaw ? Son visage s'éclaira. Bien entendu, puisqu'elle sortait avec le capitaine de l'équipe de football. Et Matt connaissait Ethan, qui était même venu plusieurs fois encourager l'équipe. D'après lui, c'était une légende, il avait battu tous les records du lycée, il aurait pu devenir professionnel. Il était beau et *cool.*

J'ai remercié Sandra. Avec elle, les choses étaient simples : Clara était une victime sans intérêt et Ethan un criminel glorieux. En somme, cette mort était une insolence.

J'ai repris la direction de la maison des Montes. Sur le chemin, j'ai fait un détour par « chez moi ». J'ai revu la petite maison aux volets bleus. Sans doute repeints dix fois, ils étaient toujours bleus. J'ai éteint le moteur et je suis resté, le visage tourné vers le passé, habité de ce qui n'était peut-être qu'une nostalgie facile mais qui représentait cinq années de ma vie, à un âge où chacune est essentielle. J'avais vécu là, dans cette petite maison terriblement médiocre, où laideur et beauté s'annulaient au fond de l'ennui. Ou plutôt ma mère avait vécu là et m'avait emmené avec elle. Sans doute était-elle plus à plaindre que moi. C'était le solde de son existence qui se tenait là. Peut-être avait-elle été heureuse de m'avoir à côté d'elle. Une vie professionnelle sans intérêt, pas d'amis, pas d'activités particulières. Un fils. Elle faisait les courses, la cuisine, le ménage, je trouvais cela normal. Je lisais et je faisais la gueule. J'étais un adolescent. Que lui avais-je apporté ? Rien à part ma présence, ce qui n'est peut-être pas insignifiant pour une mère. Quelques conversations de temps en temps, lorsque je daignais parler. Je regrette, évidemment, comme toujours. Et comme toujours, on regrette trop tard.

Une silhouette a surgi de ma rêverie. Un instant, j'ai cru que c'était moi. C'était un adolescent long et maigre qui sortait de la maison, un ballon à la main.

— Vous voulez quelque chose ?

— J'ai habité là. Autrefois.

Il a hoché la tête.

— Ça n'a pas changé, ai-je dit.

— Probablement. Rien ne change beaucoup dans le coin.

J'ai souri et je suis parti. J'ai rejoint la queue de l'hippocampe et je suis allé directement au parc où j'avais parlé à Susan Montes.

Elle s'y trouvait. Elle buvait de la bière. C'était la suite de la scène d'hier, comme si rien ne s'était passé. D'ailleurs, peut-être que rien ne s'était passé. Une nuit et un jour, voilà tout.

— Voilà le journaliste !

Son ton était neutre. Je lui ai dit que j'étais content de la revoir. Elle a haussé les sourcils d'un air dubitatif.

— Je ne vous avais pas dit que j'étais journaliste.

— Un gars en costume qui vous pose des questions dans un parc, c'est soit un croque-mort soit un journaliste.

— Peut-être les deux.

Elle a ri. Ses traits épais se sont plissés comme ceux d'un bouledogue. Je lui ai dit que j'étais passé au lycée Franklin. Personne n'y connaissait Clara.

— J'aurais jamais laissé ma fille dans ce trou à rat. Elle était en pension, dans le privé. Elle avait un avenir, ma fille. Pas comme tous ces tarés.

J'aurais aimé apprendre le nom de cette pension mais je craignais que la conversation ne tourne court.

— Pouvez-vous me parler de votre fille ?

Elle a haussé les épaules.

— Vous avez qu'à regarder la télé.

— Vous ne parlez pas aux télés.

— C'est vrai. J'aime pas les vautours.

— Pas plus que les chiens apparemment.

— Vous, je vous supporte.

Elle a souri.

— C'était quel genre de fille ?

J'ai regretté ma question, très mal tournée. Susan Montes n'a pas semblé le remarquer.

— Une fille qui aimait plaire.

— Plaire ? À qui ?

— À tout le monde. C'était un peu le problème. Une vraie pute.

— Ou une enfant.

— Tous les enfants ne veulent pas plaire. Moi, je m'en suis toujours foutu. Elle, elle voulait plaire à tout le monde. Ça oblige à des contorsions. Et puis ça coûte cher. Elle voulait tout le temps que je lui achète des vêtements et elle voulait toujours sortir.

— Où est-ce qu'elle sortait ?

— Vous êtes flic ?

Je commençais à comprendre. Les questions précises étaient interdites. J'ai regardé le ciel. Il était gris, avec

73

des nœuds sombres et une lumière pesante qui voulait crever la barre des nuages.

— Il fait chaud.

— Vous êtes passionnant comme gars. Ça doit bien marcher votre carrière à la météo.

— Mieux que celle de journaliste.

— Ça m'étonne pas. Dans ce métier, faut être un gueulard, faut sortir des conneries tout le temps et montrer sa gueule à tout bout de champ. Vous avez pas le genre.

— Dans tout métier, non ?

— Pas dans le mien.

— Qui est ?

— Aucun.

— Vous avez raison. Travailler, c'est inutile.

— Pas vrai. Ça stimule l'imagination. Quand j'ai vraiment plus d'argent, je fais des ménages. C'est chiant mais j'imagine beaucoup.

— On en est tous là. Votre fille, elle était comme vous ? Elle faisait travailler son imagination ?

— Bien sûr. C'était une adolescente.

— Elle voulait travailler dans le cinéma ?

— Arrêtez avec vos clichés. C'était pas une tarée, je vous dis. Elle voulait être cosmonaute. Elle voulait faire le MIT. Elle aurait eu une bourse. C'était un génie des maths, ma fille.

— Quand j'ai vu sa photo, j'ai pensé à une actrice.

Susan s'est tue. J'ai pensé que j'avais fait une erreur, mais laquelle ? Elle a bu une gorgée de bière, ce qu'elle n'avait pas fait depuis le début de notre entretien. Les lunettes noires, le secret des traits épais m'empêchaient de déchiffrer son expression.

— Faut que je rentre.

Elle est partie d'un pas lourd, avec un dandinement de canard, le dos courbé comme si elle ployait sous une charge. Ses cuisses étaient énormes. Elle était l'exact opposé de sa fille. Le dragon avait accouché de la plus belle fille du monde. Quasimodo avait engendré Esmeralda.

Je suis sorti du jardin. La chaleur me pesait. J'avais mal à la tête. Je suis allé déjeuner au bar du centre-ville, le Blue Bird. La climatisation était trop froide. Le jeune serveur était poli. J'ai commandé un burger. Il y avait un peu de musique, le design était moderne, la clientèle ne hurlait pas : c'était un îlot de civilisation.

Quand j'ai quitté l'îlot, le soleil m'a semblé brûlant. Il n'y avait presque personne dans les rues. Je me suis souvenu. À certaines heures, Drysden était une ville morte. On tournait dans les rues vides, les maisons dressaient une muraille et c'était comme un labyrinthe dont on ne pouvait plus sortir. L'issue était un leurre. Il m'est arrivé d'avoir peur dans Drysden. Non pas des hommes, non pas de ces adolescents qui me haïssaient mais de la ville elle-même, de l'allégorie de la solitude et du désespoir qu'elle incarnait.

Sur une enseigne, j'ai vu qu'il faisait quarante degrés. Les chromes des voitures étincelaient de rayons brûlants qui étaient autant de glaives. Le sol fondait sous la chaleur. Une bulle de goudron noir a enflé sur la chaussée. Je me sentais épuisé. La nausée m'a saisi.

Je suis revenu vers l'appartement. Je me sentais déprimé. Mon mal de tête augmentait et lorsque je suis entré, la nausée devenait insupportable. J'ai vomi dans

75

les toilettes. Je me suis passé le visage à l'eau, en me regardant avec inquiétude dans la glace, comme si elle allait révéler des monstres ou une terrible maladie. Mon visage était seulement un peu rougi.

Dans la pièce principale, il faisait trop chaud. J'ai branché la climatisation. Je ne réussissais pas à la régler : il faisait ou trop chaud ou trop froid. Je me suis allongé sur le lit dans la chambre et j'ai rêvé. J'ai rêvé un peu tristement, dans un alanguissement de prisonnier. D'une longue et lente rêverie, sans espoir ni gaieté, d'une rêverie lourde.

J'ai branché la télé. Les tons étaient verdâtres. Sur plusieurs chaînes tournaient des *Batman,* parce qu'un nouveau cycle était lancé au cinéma. Les télés passaient tous les anciens, jour et nuit. Je ne sais pas pourquoi Batman a toujours eu autant de succès. Peut-être parce que tout est noir autour de lui. Parce qu'il y a tant de morts, de noirceur, d'esthétisation de la nuit. J'ai un peu suivi puis je suis tombé par hasard sur une chaîne d'information.

Il y avait un reportage sur le lycée Franklin *où avait étudié Clara Montes.* Les murs ocre, la grande porte, l'escalier de mes souvenirs. Le journaliste faisait parler plusieurs camarades de Clara, l'air éploré. Pendant plusieurs jours, on n'avait pas trouvé un seul témoin pour parler d'elle et voilà qu'ils se pressaient. *C'était une fille formidable, une élève tellement douée...* Ils parlaient et comme d'habitude ils ne disaient rien, ils moulinaient le vide des mots convenus mais qu'auraient-ils pu dire, *vraiment,* puisqu'elle n'avait jamais étudié à Franklin ? Puisqu'ils ne l'avaient jamais rencontrée. Puisque ses meilleures amies à l'air éploré ne l'avaient sans doute jamais croisée.

76

J'ai tressailli. Sandra est apparue à l'écran. Il y a eu un gros plan sur elle. Son maquillage avait coulé. Elle haletait. Elle a parlé avec émotion de son amie Clara, qui était si brillante, qui avait tant de rêves qu'elle voulait accomplir et qu'elle aurait à coup sûr accomplis tant elle était brillante. *Elle voulait être cosmonaute, elle voulait aller au MIT, c'était un génie des maths.*

Elle s'est mise à pleurer. Une fille à côté d'elle l'a imitée. La caméra a tressauté.

Mon Dieu, que se passait-il ?

9

J'ai tenté de retrouver Sandra. J'ai fait le tour du lycée. Un groupe d'élèves discutait. Je leur ai demandé s'ils avaient vu Sandra. Ils ont d'abord répondu qu'ils ne la connaissaient pas. Une fille s'est exclamée : « Bien sûr que vous la connaissez. C'est la copine de Clara, celle qui disait qu'elle voulait être cosmonaute. »

— Vous aussi, vous étiez des amies de Clara ?

La première fille m'a répondu :

— Moi, je la connaissais un peu mais nous n'étions pas amies. On a discuté quelques fois.

— Même chose pour moi, a dit une autre. Mais Jamie, lui, la connaissait bien. N'est-ce pas, Jamie ?

Les autres ont ri. J'ai vu un adolescent malingre sourire avec gêne.

— Vous la connaissiez à quel point ?

Rires de nouveau.

— Vraiment bien, je veux dire, a répondu l'adolescent. Mais pas longtemps.

— C'est-à-dire ?

— Une semaine.

— Vous êtes sorti avec elle une semaine, c'est ça ?

Il s'est tortillé avec gêne.

— C'est ça.

Il a compris que je ne le croyais pas et s'est tortillé de nouveau.

— C'était une fille bizarre. Belle mais bizarre. Je suis pas habitué.

— Comment ça, bizarre ?

— Je sais pas. Bizarre. Elle était pas comme les autres. Elle s'intéressait pas aux mêmes choses. La musique, les copains, les stars. Elle, elle aimait les maths.

— Vous étiez avec elle en cours de mathématiques ?

— Non, non.

— Alors ?

— Elle en parlait souvent. Elle voulait être cosmonaute. Elle parlait tout le temps du MIT.

— Et elle aurait eu une bourse, c'est ça ?

— Oui, c'est sûr. Carrément. C'était la meilleure.

J'ai voulu partir.

— Vous prenez pas nos noms ? a dit une fille.

C'est à ce moment que j'ai vu Sandra. Elle marchait avec un air extatique. Son visage s'est refermé quand elle m'a vu. Je lui ai souri et je me suis dirigé vers elle.

— C'était beau ce que vous avez dit à la télé. Je ne savais pas que Clara voulait être cosmonaute.

Sandra n'a rien répondu.

— Je croyais avoir compris qu'elle n'étudiait pas au lycée Franklin et que personne ne la connaissait. J'ai dû mal comprendre.

— Oui.

— Qu'elle n'était dans aucun club, aucune association.

Méfiante, elle a jeté un coup d'œil autour d'elle.

— De vrais problèmes de compréhension, hein ?

— Ce que je savais, je l'ai dit à la télé. Vous n'avez qu'à le réécouter.

J'ai secoué mon carnet vert. Je lui ai montré mes notes sur son interview.

— Je ne peux pas lire, a-t-elle dit. Vous écrivez trop mal. Et puis de toute façon, si c'est écrit, ça ne vaut pas grand-chose. Vous pouvez l'inventer. Ce qui compte, c'est ce qui est enregistré.

— C'était très émouvant ce que vous avez dit.

Elle a souri.

— J'ai parlé avec mon cœur. J'aimais beaucoup Clara.

Et elle s'est éloignée.

Un reportage de García Márquez paru dans *El Espectador* en 1955 relate la disparition en mer de huit marins du bateau de guerre le *Caldas*, emportés par une tempête – c'est du moins la version de la dictature militaire – dans la mer des Caraïbes. García Márquez a vingt-huit ans. Plusieurs journaux ont déjà témoigné du drame à travers divers entretiens avec l'unique rescapé, Luis Alejandro Velasco, vingt ans, transformé en héros national après ses dix jours sur un radeau à travers l'océan. Aussi, lorsque celui-ci, dont « l'histoire, racontée par bribes, avait traîné partout [et] était maintenant frelatée » vient demander de l'argent au journal en échange d'une nouvelle version, le directeur commence par refuser, avant d'accepter. Mais García Márquez est García Márquez, si je puis dire. Il ne se contente pas de quelques phrases de complaisance. Alors qu'il n'a pas encore publié de roman, il est déjà cet écrivain énorme, ce narrateur d'une réalité hantée et grotesque : il a déjà compris que le réel n'est pas ce qu'il semble être. « Vingt séances quotidiennes de six heures chacune, au cours desquelles je prenais des notes et glissais des questions insidieuses pour détecter ses contradictions [...]. Une histoire si détaillée et si passionnante que *mon seul problème littéraire allait être de convaincre le lecteur de son authenticité.* »

C'est au quatrième entretien que se situe le tournant de l'enquête – de l'interrogatoire. Comme le journaliste revient sur l'épisode de la tempête, le marin répond : « La tempête ? Il n'y a pas eu de tempête. » García Márquez vérifie auprès des services météorologiques : il n'y a jamais eu de tempête.

La dictature colombienne avait inventé un récit du drame auquel répliquait le nouveau récit d'*El Espectador*. Celui-ci, paru en feuilleton, à la première personne, d'après le point de vue de Velasco, s'apparente à un roman, alors que la version de la dictature répond à une élaboration fractionnée : dépêche, reprise et amplification par de nombreux journaux, mise en scène de la parole de Velasco. Le roman est la vraie histoire, l'information de la dictature est fausse. Les deux récits s'affrontent pour traduire le drame. Des photos viennent trancher le conflit.

Si les sept marins sont morts, si Velasco a vécu son incroyable aventure, c'est qu'ils ont été emportés durant un coup de roulis par la chute de marchandises d'électroménager achetées en Alabama et mal arrimées, ce qui signifie que le destroyer était chargé d'objets de contrebande, cette même surcharge empêchant le navire de

81

sauver les marins tombés à l'eau... La dictature répond qu'il n'y a jamais eu de marchandises à bord du bateau. *El Espectador* publie des photos prises par les marins eux-mêmes. Les lecteurs, raconte García Márquez, se battent devant les portes du journal pour obtenir les exemplaires.

Récit d'un naufragé (le titre complet, picaresque à souhait, résume l'histoire de son héros trop sincère « qui resta dix jours à la dérive sur un radeau sans manger ni boire, fut proclamé héros de la patrie, embrassé par les reines de beauté et enrichi par la publicité, puis exécré par le gouvernement et oublié à tout jamais ») paraît ensuite sous forme de livre, remporte un immense succès en Amérique latine et, tandis que la dictature ordonne la fermeture du journal, García Márquez, sous le couvert d'un reportage, se réfugie en Europe.

Au fond, l'histoire est rassurante : il y a une vérité à découvrir, occultée par le gouvernement, et un journaliste courageux la dévoile, à l'aide d'un témoin et de quelques photos.

Mais que fait-on lorsque les témoins mentent et que les photos sont truquées ? En 1955, on découvre la vérité. Mais à notre époque ? À notre époque où toute vérité peut être créée ? Où le récit le plus convaincant de la réalité devient la seule réalité ?

García Márquez a imposé une réalité. Et s'il l'avait inventée ? Si, au lieu d'être un journaliste intègre, il avait utilisé son talent d'écrivain pour créer une autre réalité, quelle aurait été, alors, la vérité ?

10

Sur mon portable, les sites dupliquent l'interview de Sandra. Un engendrement d'engendrement, une mise en abyme permanente, comme des miroirs dont les reflets se multiplient ou comme des sites pornos proliférants, parce qu'il y a bien une obscénité dans les mensonges proliférants de Sandra et son jeu d'actrice. Et le plus inquiétant n'est sans doute pas le mensonge, mais que le terme même de mensonge soit impropre puisque Sandra croit à présent à son témoignage : Clara était une de ses meilleures amies, c'était une brillante élève qui allait entrer au MIT pour devenir cosmonaute. Ma présence a voilé quelques instants la mise en scène extatique de sa détresse, mais les signes écrits sur mon carnet n'ont fait palpiter que quelques instants, et de plus en plus faiblement, l'éclat perturbant de la vérité. Je suis certain que Sandra pleurera ce soir la disparition de son amie Clara.

J'ai marché jusqu'à l'armurerie. Par curiosité, je suis entré. L'offre du jour m'a accueilli, sur grand écran : le Taurus G2C 9 mm était en vente à 199,99 $ au lieu de 209,99. C'est une boutique bien approvisionnée, avec cette opulence des commerces florissants. Un jeune vendeur, à son comptoir, contemple son portable avec un air niais. Il ne me regarde même pas tandis que je monte à l'étage où un père fait essayer à son enfant de dix ans un fusil d'assaut. Je pourrais m'interroger sur les bienfaits de l'éducation américaine si le visage de l'homme qui tend le fusil à l'enfant ne me frappait : c'est Reynolds.

Je le reconnais aussitôt. Même s'il a beaucoup grossi, son expression n'a pas changé. Le front dégarni, les yeux porcins ne font que mettre en valeur cette brutalité par laquelle William Reynolds, depuis son enfance, s'expose avec candeur au regard d'autrui, révélant sans détours le fond de son être.

Je rougis. La peur d'autrefois est revenue et je me suis immobilisé. Reynolds me jette un coup d'œil rapide, me salue avec un sourire commerçant puis se concentre de nouveau sur l'enfant qui rit avec un fusil d'assaut entre les mains. Il ne m'a pas reconnu. Je suis un peu plus grand, mais surtout beaucoup plus lourd et mon crâne est rasé. Je ne suis plus Christopher Mantel, ou du moins j'ai tout fait pour ne plus être celui qu'*ils* ont connu.

On parle toujours de l'enfance. Seule l'adolescence m'importe, et surtout celle que j'ai vécue à Drysden. Il y a dans les flottements et les errances de cet âge une fragilité mêlée d'affirmation qui détermine l'existence entière. La vie sociale se présente sous la forme d'une énigme et, aux questions du sphinx, je n'ai pas su répondre. C'est ainsi que j'ai été détruit et c'est ainsi que je me suis reconstruit. Christopher Mantel a été brûlé pour que naisse Adam Vollmann.

Je me suis fait appeler Adam dès mon départ de Drysden. Vollmann a été inventé un peu plus tard. Mon nom d'écriture a toujours été Adam Vollmann. Certains parlent de pseudonyme : ce n'est pas mon cas. Mon vrai nom est celui que j'ai choisi, celui par lequel je me suis réinventé. J'ai choisi ma vie en adoptant ce nom, qui n'est pas celui qu'on m'a donné mais celui que je désirais. J'ai choisi mon apparence en gagnant vingt kilos à la salle de gym, en m'habillant de costumes sombres et serrés et en me rasant entièrement la tête dès le début de ma calvitie.

Mes mains tremblent et je me donne une contenance en observant une carabine ISSC MK22 Commando calibre 22, un objet noir et menaçant. Christopher Mantel reparaît, avec sa fragilité et ses émotions.

Ils m'avaient laissé tranquille aussi longtemps qu'Ethan était resté à Drysden. Dès la rentrée suivante, ils ont tenu à être les maîtres. Ethan apaisait les rivalités : Franklin avait un seul demi-dieu, sans discussion possible. C'était une domination impalpable puisque Ethan n'aspirait à aucune autorité. Il était, voilà tout. On l'aimait, on l'admirait. Son absence a libéré les ambitions et les aspirations au pouvoir. Reynolds et ses deux lieutenants Muller et Richardson ont voulu prendre sa place : ils n'avaient évidemment pas l'aura de leur prédécesseur. Mauvais élèves, sportifs médiocres, ils étaient forts mais trop lourds. Reynolds était rusé et méchant, les deux autres étaient même dépourvus de ruse.

Nous n'étions pas à l'école primaire : il n'est pas si facile de régner sur un lycée, où les rapports de force sont plus diffus. Je pense avoir été le signe de leur domination, l'affirmation tacite qu'ils prenaient la place d'Ethan puisqu'ils écrasaient son lieutenant. Ou plutôt son favori, son mignon, voulaient-ils signifier.

Cela a commencé par une observation cruelle. Je sentais une menace sans pouvoir me la formuler vraiment. Souvent, Reynolds me regardait, avec l'obstination d'un amant. J'ai déjà évoqué ses yeux porcins. Dans son visage déjà large perçaient deux yeux étroits et aigus, luisant de méchanceté. Il m'observait avec ces deux armes. « Que me veut-il ? » J'étais épié, mal à l'aise, maladroit du fait de cette présence dans mon dos. À la cantine, en classe, dans les vestiaires, dans les couloirs, il y avait toujours ce regard pour me suivre, me surveiller, m'inquiéter ; parfois, je me retournais dans la rue sans raison. Ce regard, même absent, me tourmentait toujours. Il faisait de moi un coupable. Et bien sûr un coupable sexuel avant tout. Le regard doublait *la rumeur*. C'est Reynolds qui l'avait lancée – mais en somme il avait raison. Son regard m'avait deviné. Peut-être y avait-il chez lui plus que de la ruse, une capacité à déchiffrer les faiblesses pour en user.

Il avait raison, j'étais coupable. Je me sentais coupable.

Détourne ton œil de moi car je le sais, j'ai péché. J'aime Ethan Shaw et je l'ai désiré dans la grotte. Je suis le mignon et le favori et sans lui ma perte est consommée. Trois chiens noirs tournent autour de moi pour me déchiqueter.

J'avais un chat. Tache noire et blanche au coin de la rue, il errait un soir en miaulant. Je lui avais donné du lait et il était resté. Je l'avais appelé Tuesday, comme le marin de Melville, parce qu'il était arrivé un mardi. Je lui avais donné tout l'amour refoulé du pauvre type que j'étais, un amour exigeant, capricieux, brutal. Je lui donnais des ordres qu'il ne comprenait pas, je lui tenais de grands discours : il miaulait en retour. Tuesday dormait avec moi, je le gavais de douceurs, le giflais, le caressais, m'occupais de sa litière. Il était depuis deux ans mon compagnon lorsque je l'ai trouvé agonisant sur le seuil de la maison. Un peu de sang poissait son museau. Il a miaulé : c'était un grelot fragile. Tout en pleurant, je l'ai conduit chez le vétérinaire, qui n'a rien pu faire, sauf me déclarer qu'il avait été empoisonné. J'ai enterré Tuesday dans le jardin. Il n'y a aucune trace de lui, l'adolescent qui m'a succédé a dû marcher sur ses os des centaines de fois.

Ils l'ont empoisonné. Encore maintenant, j'en suis sûr. Je jette un coup d'œil à Reynolds dont je sens la curiosité s'éveiller, alors même qu'il discute avec le père de l'enfant.

C'est lui le coupable.

Les bourreaux tournent autour de leur victime avant de l'attaquer directement.

J'avais un livre. Tache noire et blanche au coin de mon bureau. Un très gros livre. Je l'ai apporté au lycée, je l'ai lu sur un banc. Les trois chiens sont arrivés. Reynolds m'a dit :

— Il n'y a que les profs et les pédés qui lisent des livres. T'es pas prof.

Je n'ai rien dit. Richardson a pris mon volume pour le déchirer devant moi. Il l'a fait sans haine, avec un grand sérieux, comme on s'acquitte d'une tâche importante. Les pages arrachées volaient à terre.

J'ai eu peur. Nous étions dans un coin solitaire du

parc, derrière des arbres, ils étaient trois et ils me détestaient. Je ne sais si c'est le bon mot. Les bourreaux détestent-ils leur victime ? Probablement pas. Ils doivent éprouver pour elle et grâce à elle mépris et jouissance. Ils doivent s'aimer et s'admirer à travers la souffrance infligée à l'autre. Ils s'éprouvent dans la domination. Je ne crois pas que Reynolds m'ait détesté. Il a dû éprouver des sentiments mêlés à mon égard : mépris, obsession, désir, jouissance, affirmation, jalousie. Oui, jalousie. Oui, désir. Et tout le reste. Rien de pur. Reynolds n'était pas capable de pureté, même dans la haine. Comme les porcs dont il était le fils, il se nourrissait de tous les déchets.

Et puis un jour, les barrières ont sauté, ils s'en sont pris à moi. C'était au cœur de l'hiver, en fin d'après-midi. Ils avaient bu, ils éclataient de rire. Ils sont tombés sur moi. Ce n'était pas un hasard : ils m'attendaient. Reynolds hurlait : « Mantel ! Mantel ! » en battant des ailes de son manteau, oiseau de proie grotesque et aviné.

Je ne raconterai pas la suite : elle a la présence hallucinée des cauchemars. La peur m'a fait taire. Je le regrette.

Le père de famille descend l'escalier, son fils derrière lui. Reynolds me regarde.

Je le fixe droit dans les yeux. De façon à demi inconsciente, je redresse les épaules et je m'approche de lui. Il est encore penché sur le comptoir des armes, le fusil à la main. Je suis plus grand que lui.

— Je m'appelle Adam Vollmann. Je suis journaliste. Je travaille au *New Yorker*.

Mon identité est une armure.

Il range le fusil avec soin.

— Que puis-je pour vous ?

Il a une rondeur commerçante. Il est lourd et vieilli. Il a dix-sept années de plus et bien qu'il ne soit pas vieux, je m'aperçois que la vie a passé, qu'il n'y en aura pas d'autre, ni pour lui ni pour moi, et que ces années sont irrémédiables. Reynolds est suspendu à la cruauté de ses années d'adolescence comme je le suis à ma peur. Nous sommes les fils de la cruauté et de la peur, pour le meilleur et pour le pire.

— Connaissiez-vous Clara Montes ?

— Non. Jamais vu cette fille.

Il n'a pas hésité. Je sens que la perspective d'une interview lui est indifférente. Il n'a pas cette forme de vanité et il lui est égal qu'on parle de lui et de sa boutique.

— Les journalistes vous ont sans doute déjà interrogé ?

— Pour qu'ils me sortent des conneries sur les armes, sur le deuxième amendement ?

— Non. Parce que vous êtes un citoyen de Drysden.

— Je suis un citoyen de Drysden et je ne sais rien de Clara Montes.

— Connaissiez-vous... Ethan Shaw ?

J'ai eu du mal à prononcer ce nom.

Les yeux porcins m'ont guetté.

— Ethan Shaw ? Oui.

— Vous pourriez m'en parler ?

— Pourquoi ? Tout a été dit, non ? C'était un gars que tout le monde aimait bien et il a tué cette fille. C'est bizarre mais c'est comme ça.

— Pourquoi « bizarre » ?

— Parce qu'il avait tout ce qu'il faut à la maison et parce qu'il ne ressemblait pas à un pervers. Mais c'est comme ça. Rien ne ressemble moins à un pervers qu'un pervers.

— Josh Vayne ne croit pas à la culpabilité d'Ethan Shaw.

— Josh Vayne est un vieux prof de tennis qui a beaucoup cru en son poulain. Mais beaucoup de gens ont cru en Ethan Shaw. À tort. Et ça, je le pensais bien avant cette histoire.

— Vous pourriez m'en parler ?

J'ai enregistré le récit avec mon portable.

Le visage de Reynolds emplit l'écran. Le grain de l'image est trop visible, parfois ma main tremble et désarticule l'enregistrement, mais il y a comme toujours dans ces dispositifs une saturation de vérité, le trop-plein naïf d'une présence, même lorsque le sujet n'a rien de naïf, ce qui est le cas. Le son est de bonne qualité, un peu criard parfois, sauf lorsque je pose moi-même des questions. Ma propre voix est inaudible.

11

REC. WILLIAM REYNOLDS

Je m'appelle William Reynolds. J'ai trente-trois ans, je suis commerçant, marié, deux enfants. Je connais bien Ethan Shaw, ou du moins je croyais bien le connaître. Je le connais depuis toujours : nos parents étaient voisins au début, à Richmond Street. Il avait deux ans de plus que moi. Je le regardais jouer quand j'étais enfant, dans le jardin d'à côté. Il était toujours à bouger, sauter, grimper aux arbres. C'était un furieux. Je l'admirais. J'étais un gosse, vous savez. À cet âge, on aime admirer. Il était plus fort et plus grand que moi, ça se comprend. Parfois, il jouait au ballon avec moi. Pas très souvent. J'avais l'impression que je l'ennuyais, peut-être même qu'il ne m'aimait pas beaucoup. C'était une impression d'enfant, pas sûr qu'elle soit juste, mais quand il me regardait, il avait l'air de regarder quelque chose de pas beau et d'un peu énervant. C'est dommage parce que moi je l'admirais et si j'avais eu un frère, c'est lui que j'aurais voulu. Il était le grand frère rêvé. Du moins c'est ce que je pensais. Vous voyez comme on se trompe. Je suis resté des heures à le regarder jouer sous le panier de basket : dribbler, passer, lancer, tout seul, dans son monde, seul contre toute une équipe rêvée. J'étais assis par terre, dans la poussière, et je le regardais. *(Il rit.)* Quand je pense que je me prosternais devant un assassin…

Ensuite, ses parents ont déménagé. Ils ne sont pas allés bien loin, ils ont juste acheté une maison plus grande quand le père d'Ethan est monté en grade. Il est devenu directeur commercial d'une concession automobile, il était bien payé. Je n'ai plus vu Ethan pendant des années. J'ai juste appris, parce qu'on en a parlé devant moi le soir, que le père d'Ethan était mort dans un accident de voiture. Il avait bu, il a voulu doubler une remorque et son véhicule s'est écrasé contre un camion. Quand j'ai retrouvé Ethan au lycée – c'est le lycée Franklin mais je suppose que vous vous êtes informé –, il n'était plus tout à fait le même. Pour tout le monde, rien n'avait changé : ils étaient tous le cul dans la poussière à l'admirer. Mais pour moi qui l'avais connu depuis toujours, il manquait quelque chose. C'était pas étonnant d'ailleurs mais ce qui m'a frappé, c'est que personne ne s'en rendait compte. Il y avait une case vide. Quand j'ai connu Ethan, c'était un gars plein, vous voyez. Il ne sonnait pas creux, vous pouviez taper partout, c'était du lourd. À Franklin, il sonnait faux. Il y avait des trucs qui n'allaient pas, des silences bizarres. Moi, je le sentais, les autres non, surtout les filles. Il faisait comme s'il était Ethan Shaw mais c'était une rente de situation, il n'était plus Ethan Shaw, c'était du toc. Bien sûr, il avait sa petite célébrité, ses admirateurs et ses admiratrices, son foot et son tennis, mais les choses ne tournaient pas rond, moi je le savais, je le sentais, c'est ça le truc chez moi, je ne sais pas mais je sens les gens, j'ai un nez spécial. Il y avait quelque chose de cassé.

La meilleure preuve, c'est qu'il a pris pour pote, enfin c'était comme une créature, un Gollum vous voyez le truc, ces rats qu'on porte sur l'épaule, un gars qui venait d'ailleurs, de Seattle je crois. Ça m'a marqué parce qu'à l'époque – ça n'a pas beaucoup changé – Drysden n'attirait pas grand monde. Lui, il venait de loin. Il s'appelait Manta ou Mantigue. C'était une longue tige méprisante, toujours le nez dans les bouquins, un type mauvais, désagréable, que personne n'aimait. Je ne sais même pas expliquer pourquoi personne ne l'aimait, c'était physique, il était mauvais, quoi. Il se déplaçait bizarrement, je ne sais pas pourquoi je m'en souviens. C'était il y a longtemps mais je l'ai bien observé. C'était comme s'il ne marchait pas franchement, vous voyez, il glissait. Il ne soulevait pas assez les pieds, comme un mec fatigué. Cela lui donnait un air de fantôme.

Il y a une histoire de chien qui me revient au moment où je vous parle. Ce type avait un chien qui l'accompagnait partout, un petit chien noir frétillant, à la truffe toujours humide. Il sautillait en jappant quand il nous voyait. C'était bien le seul truc qu'on aimait chez lui. Les chiens sont aveugles, ils aiment n'importe qui. Un jour, le chien est mort. On a tous pensé que le fantôme l'avait empoisonné. Il voulait décider de la vie et de la mort : c'est comme ça que je le sens. Je sauve ou je mets à mort. Il avait trouvé ce chien dans la rue, il l'avait sauvé et voilà qu'il l'empoisonnait.

En tout cas, Ethan a pris ce sale type sous son aile et pour dire vrai, ça nous a tous secoués. Ethan, il avait beau être cassé, c'était quand même Ethan. C'était la star du lycée. Le meilleur sportif de sa génération. À Franklin, il restait un dieu vivant. Alors pourquoi traîner avec ce fantôme ? Je vous assure qu'on trouvait ça pas très clair. Qu'est-ce qui pouvait bien les rapprocher ? Manta jouait un peu au tennis, mais ça ne pouvait pas être ça, au contraire, parce que Ethan était un vrai champion. Pour moi, c'était la preuve qu'Ethan n'était plus le même. Qu'il y avait quelque chose de pourri chez lui. La perversité, s'il faut la déchiffrer, je dirais qu'elle a commencé chez lui au contact de Manta.

Quand Ethan est parti à l'université, à Boulder, Manta est resté seul. Il n'était plus protégé, et je peux vous dire qu'il n'a plus fait sa loi. J'ai deux bons copains, Steve et Carl, depuis le début du lycée. Ils sont costauds et ils sont comme moi, ils n'apprécient pas beaucoup les prétentieux. On le lui a fait clairement comprendre et après il s'est tenu à carreau. Dès qu'il a pu, il s'est enfui de Drysden et vous pouvez me croire qu'il n'est jamais revenu.

Ethan, lui, est parti dix ans. À Boulder, d'abord, puis à New York. Il a fait ses études, de l'histoire et de l'informatique je crois, mais on lui en a pas trop demandé, c'était surtout un footballeur. L'équipe a remporté le championnat universitaire et c'est un peu grâce à lui, d'après ce qu'on a dit. Ensuite, il est parti à New York, je sais pas trop ce qu'il a fait. C'est là qu'il a rencontré sa femme. Puis il est revenu ici. C'est pas très glorieux, peut-être, de revenir à Drysden, à vrai dire j'en sais trop rien puisque moi, j'ai tout ici et ma ville me suffit, mais certains ont cancané des trucs comme quoi c'était pas glorieux pour Ethan Shaw d'avoir cherché la lune à New York et de revenir bredouille chez les ploucs. Ils le disaient avec d'autres mots mais en gros c'était ça. Moi, je crois qu'Ethan a trouvé la lune à New York parce que Sarah Shaw est la meilleure fille qui puisse exister, et la plus belle si vous voulez mon avis. Et quant à revenir là où on est né, pour moi c'est normal. Drysden est accueillante avec les siens et la montagne est belle. Je ne vois pas Ethan à New York. Il est d'ici, il est des nôtres, il appartient à ce territoire, si vous voyez ce que je veux dire. Il connaît la montagne comme sa poche et c'est pour ça que personne ne l'a trouvé. Il y a peut-être cinq ou six personnes qui connaissent les environs comme lui.

(Remarque inaudible. Silence.)

Oui. Il y a moi aussi.

(Remarque inaudible. Silence.)

Je ne défends pas Ethan. S'il y a besoin de moi pour aller le chercher, je le ferai. Il y a l'Ethan d'autrefois, qui était un gars un peu bizarre mais qu'on aimait bien, et il y a l'Ethan de maintenant. Le gars qui a tué Clara Montes n'est rien pour moi. J'ai tout ce qu'il faut autour de moi pour le chercher et pour le trouver. Et quand je dis trouver, vous me comprenez, hein ? Vraiment trouver.

Mais moi je vous parle du gars d'autrefois. C'est lui que vous voulez, non, pour votre histoire ? C'est ça que vous voulez, non ? L'histoire, celle qui va faire saliver les lecteurs ? Là, je peux vous en parler, sans problème. Un type de chez nous, donc un type sans histoires. Un type qui est parti puis qui est revenu. Un type qui a ouvert un magasin d'informatique et qui vivait tranquillement.

Avec Sarah, ils n'étaient ni riches ni pauvres, mais ici on n'a pas besoin de beaucoup d'argent. Et comme ils n'ont pas d'enfants et qu'ils sont encore jeunes, il n'y a pas de médecin pour leur piquer leur fric.

Lorsqu'il est revenu de New York, bizarrement, je me suis senti plus proche de lui qu'à son départ. Avant, c'était l'adolescence, vous savez, on tente de s'affirmer, on se cherche. Là, il avait près de trente ans, moi aussi – enfin, j'ai toujours deux ans de moins, ça ne change pas –, et il n'y avait plus à se chercher, on s'était trouvés. Moi en tout cas, Ethan peut-être pas mais je suis pas sûr qu'il se trouve jamais. Il y aura toujours la case vide. Je ne savais pas qu'il était de retour. Je l'ai croisé un jour à la pizzeria, près de l'autoroute : c'est un coin qu'on aime bien avec ma femme, on y va souvent le samedi soir. L'ambiance est bonne, les pizzas sont correctes et les bières sont fraîches. Et il était là. Je l'ai vu de loin. Je crois même que j'ai tressailli. Mais je l'ai reconnu, de dos. Quand on a eu le cul dans la poussière des années en regardant un gars, sa silhouette est gravée en vous. J'ai un peu hésité à aller le voir, peut-être que nos relations étaient plus vraiment au beau fixe depuis Franklin, parce que je vous dis, je me cherchais, c'était peut-être pas le meilleur Reynolds que j'avais montré en ce temps-là, mais bon, j'ai fini par y aller et il m'a tout de suite remis, il a souri, il s'est levé et il m'a tapé dans la main, avec cette espèce de facilité qu'il peut avoir. Il m'a présenté sa femme et là, j'en ai été comme gêné parce qu'elle était vraiment très classe, très jolie, ce qui n'arrive pas si souvent chez les gens normaux, quand on n'est pas au cinéma. Mais elle aussi, elle savait y faire, elle a été très cordiale, très sympa, avec Janet aussi, elle nous a mis à l'aise, ils nous ont invités à leur table et la soirée a été bonne, vraiment bonne. C'est comme ça que ça s'est passé.

Ensuite, Ethan reste Ethan. Il est amical par éclats. On ne s'est pas non plus vus toutes les semaines. Plutôt de loin en loin. Il y a toujours chez lui ce moment où il s'absente, où il entre dans la case vide. On ne sait pas à quoi il pense, il a l'air triste. C'est par là qu'est entrée Clara Montes. Je ne sais pas qui est cette fille, mais toutes les choses bizarres chez Ethan, c'est sa case vide. Il vous échappe par là mais je crois aussi qu'il s'échappe à lui-même. Manta, Clara Montes, c'est sa case vide.

De toute façon, pour être franc, Ethan, je ne l'ai pas vu depuis un an. Depuis une dispute. Lui et moi, on allait à la chasse régulièrement depuis quelques années. Moi, j'y suis toujours allé, d'abord avec mon oncle puis tout seul, parfois avec mon pote Steve. J'adore ça : j'adore l'aube, la solitude et la quête. Un jour, Ethan est venu me voir au magasin pour que je l'accompagne à la chasse. Il a aimé ça. Il a acheté deux fusils de chasse et nous avons souvent chassé ensemble. Il ne tue pas beaucoup mais il aime la poursuite. L'année dernière, nous étions trois : Steve, Ethan et moi. Nous avons trouvé des traces de cerf. Nous l'avons pourchassé des heures. Et soudain je l'ai vu : il se dressait sur le revers d'une crête. Il marchait en boitant, il était blessé. Nous l'avons contourné contre le vent. Je suis arrivé à portée de tir. J'ai visé. La tête était dans le viseur quand Ethan a abaissé mon fusil. Je n'ai pas apprécié. Je l'ai repoussé, sans bruit parce que je ne voulais pas effrayer la bête. Et je me suis remis en position. J'ai murmuré : « Il est blessé, il faut l'abattre. » Ethan a secoué la tête. Et là, j'ai retrouvé la case vide. Son regard était fixe et dur. Inflexible. C'est ça que je n'ai pas supporté : qu'il veuille faire sa loi, comme il le faisait autrefois. Il y avait un cerf blessé et voilà qu'il se mettait à vouloir le protéger, comme si c'était un chat égaré. Et les autres devaient obéir. Je l'ai repoussé et cette fois j'y suis allé franchement. Ça ne lui a pas plu, il m'est rentré dedans et nous nous sommes battus. Il était fou de rage, et avec le recul je suis content que Steve ait été là pour nous séparer. Mais on a perdu ce cerf.

Quand l'affaire Clara Montes est sortie, j'ai été stupé-fait, comme tout le monde, mais j'ai repensé à cet épi-sode, j'ai revu la rage d'Ethan et je peux dire que dans cet état, il est capable de tout, même de tuer. Je mets toujours tout sur le compte de la case vide. Justement parce que je ne sais pas ce qu'est cette case vide. C'est le trou au milieu d'Ethan, le truc qui sonne creux. C'est l'autre Ethan. Celui qu'il dissimule mais qu'on perçoit toujours, qui est comme un fantôme. Celui-là, je ne le connais pas et je pense que personne ne le connaît vrai-ment, même pas lui.

12

Je suis sorti du magasin. J'avais mal à la tête et j'ai titubé, comme un homme ivre, mais j'ai pris soin de soulever les pieds. Je sentais le regard de Reynolds sur mes épaules alors même qu'il ne prêtait sans doute plus attention à moi.

Je m'appelle Vollmann. Pas Mantel et certainement pas Manta.

Je n'ai pas empoisonné mon chat. Et mon chat n'était pas un chien.

Reynolds est comme ces êtres qui se promènent dans la rue avec un casque de réalité virtuelle : il ajoute le virtuel au réel. Son monde bruisse d'images et de représentations.

Il a changé. Ou quelque chose a changé en lui. Sa brutalité est comme apaisée.

Dans ma chambre. Je repasse le témoignage de Reynolds. J'entends sa voix rauque et un peu essoufflée. Je ne savais pas que le père d'Ethan était mort dans un accident de voiture. Je croyais que ses parents s'étaient séparés, voilà tout. Ethan n'a jamais rien dit, comme d'habitude.

Mon portable est devant moi : un objet luisant à la coque sombre, l'écran bleu scintillant d'applications colorées. Posé à plat sur le bureau, il emporte avec lui des univers encastrés, des profondeurs multiples. En ce petit objet se logent des mondes et il me semble de nouveau, comme avec Juan, qu'une menace perce dans son éclat. Je sens une présence. L'idée est paranoïaque, mais je sais que la réalité est devenue paranoïaque et vibrante. Je le sais comme tout le monde, et je le sais parce que c'est en partie mon métier : l'individu a offert son âme aux réseaux.

Sur une impulsion, j'éteins le portable, j'ôte la puce. Je dépose tout cela sur le sol des toilettes.

Je reviens dans ma chambre. Je suis assis sur ma chaise, les mains vides, inoccupées. Je ne pense à rien, c'est-à-dire à tout. Des fragments de souvenirs se présentent à moi. Je ferme les yeux. Je me sens mal. Il fait trop chaud. Je ne parviens pas à obtenir une température convenable dans cette pièce. La solitude y est oppressante. Je ne suis pas seul, je suis isolé, si cette distinction a un sens. Je ne me sens pas seul contre tous les autres, je me sens seul contre la matière même du monde, contre l'opacité nauséeuse des éléments. Cette chaleur est mon ennemie, cette chambre est mon ennemie. Tout m'accable. Le témoignage de Reynolds m'accable. Je suis l'ennemi, je suis le condamné. Je suis le coupable. Comme ces nuées qui tourbillonnent autour du coupable dans les tragédies. L'air est gluant des Érynnies, moi qui n'ai rien fait, qui suis coupable sans avoir rien fait. Je remue ma main sur mon genou et son mouvement me paraît étranger. J'observe mes doigts : ils se détachent sur la paume comme des insectes oblongs. Ils me sont étrangers, comme tout le reste. Il y a une opacité des choses et des êtres autour de moi. Je suppose qu'il en est ainsi des coupables, de ceux qui sont désignés. Ethan doit subir la même opacité dans ses montagnes, la même étrangeté de la matière. Où est-il ? Où se cache-t-il ? Est-il vraiment dans les montagnes autour de Drysden ? Ou a-t-il déjà fui vers d'autres États, vers d'autres pays ?

Je suis venu ici pour une enquête sur l'affaire Clara Montes. Je ne suis pas un policier et je ne suis même pas un reporter. Je suis un homme qui doute. Je ne suis pas fait pour les enquêtes. Mais j'écoute. Je suis doué pour écouter. J'avance dans l'obscurité, en aveugle, repoussant à mesure les murailles de la nuit.

Y a-t-il une *vérité* à découvrir dans cette histoire ? Ethan Shaw a violé et tué Clara Montes parce qu'il avait une case vide. Voilà toute la vérité. Et personne n'explorera jamais la case vide des hommes.

J'éteins la lumière et je me mets au lit. L'obscurité est totale. Ça, au moins, j'ai réussi à l'obtenir. Le sens se retire du monde. Il n'y a plus que mes pensées, imparfaites, furetantes, obsédantes. Mais bientôt je sens qu'elles cèdent et reculent comme la marée sur les plages et qu'elles laissent place au sable de la nuit et des sens. Je me laisse tomber sur le sable. Je n'existe plus. N'est-ce pas au fond ce que je souhaite ?

13

Au matin, après douze heures de sommeil, je me suis senti mieux. Depuis que je suis à Drysden – si peu de temps –, le délitement s'opère au cours de la journée : la matinée me lance puis la matière peu à peu me reprend, je m'enlise dans la nausée du temps et des choses. Seul le sommeil, avec l'oubli, me libère. « Libérer » n'est pas un vain mot parce que je me sens emprisonné dans cette ville – alors que Drysden l'arachnéenne n'est sans doute que le reflet tentaculaire de mes angoisses. J'ai construit et inventé Adam Vollmann : Christopher Mantel entend malgré moi renaître des cendres du passé comme un triste phénix, une illumination blafarde dont personne ne se soucie.

« Deux Écossais se trouvent dans un train. L'un dit à l'autre : – Excusez-moi, monsieur, mais qu'est-ce que ce paquet que vous avez placé dans le filet au-dessus de votre tête ? – Ah ça, c'est un MacGuffin. – Qu'est-ce que c'est, un MacGuffin ? – Eh bien, c'est un appareil pour attraper les lions dans les Appalaches – Mais il n'y a pas de lions dans les Appalaches. – Dans ce cas, ce n'est pas un MacGuffin. »

Hitchcock a bâti tous ses films sur un MacGuffin, un but apparent de l'histoire qui, en réalité, n'est pas du tout le véritable objet de la quête. Ses films sont semblables à des portes qui ouvrent sur d'autres portes et, à mesure que les portes s'ouvrent, elles ne débouchent plus que sur une brume de plus en plus opaque, celle des rêves, des cauchemars et des angoisses. Et si Ethan était un MacGuffin ? Un simple prétexte scénaristique ?

Notre vie n'est-elle pas un MacGuffin ? Le MacGuffin de l'argent, du pouvoir, de la sécurité, de l'amour, de... Porte après porte d'une réalité grimaçante. Ouvre cette porte. Celle-là encore. Celle-là. Encore. Oublie la fatigue, oublie le temps qui passe. Pousse la porte.

La réalité est une fiction. La réalité est une fiction. La réalité est une fiction.

J'ai mis de côté ces pensées et, plus modestement, j'ai ouvert la porte de mon appartement.

14

J'ai roulé jusque chez Ethan. Aucun camion de journaliste n'était garé. Je savais que la quête d'images était vaine.

Je venais de vérifier sur mon écran. J'avais vu Sarah Shaw passer au milieu des haies bruissantes de journalistes sans faire la moindre déclaration, sans accorder le moindre regard. Elle se tenait sans doute un peu plus droite que d'habitude, le visage figé et absent, et elle avançait. Elle ne donnait rien : elle ne parlait pas, elle n'exprimait rien, elle ne présentait qu'une apparence neutre sur laquelle glissaient les images.

Les murs de la maison avaient été couverts d'injures. Deux vitres avaient été brisées. Qu'y pouvait-elle ? En quoi était-elle responsable du meurtre dont on accusait son mari ? Tout cela s'était déjà calmé. Un avocat nommé Olm, d'écrans en radios, se chargeait des mots-clefs – « recherches », « présomption d'innocence », « tristesse et inquiétude », « espoir et détermination ».

Je n'ai pas eu à attendre longtemps. Sarah est sortie de chez elle une demi-heure après mon arrivée. Elle a jeté un coup d'œil à ma voiture, sa silhouette s'est un peu raidie, puis elle a ouvert son garage, d'où a surgi peu après, avec brusquerie, une voiture rouge sportive. Au début, j'ai pensé que cette voiture lui allait mal, que c'était probablement celle d'Ethan, puis j'ai compris que c'était stupide et qu'elle avait le droit d'aimer la vitesse. Que savais-je d'elle ? Rien, et c'était justement ce qui m'attirait.

J'ai suivi la voiture. Elle a roulé un quart d'heure, en direction d'une zone commerciale située à l'est de Drysden, dans une boucle de l'autoroute, avant de s'arrêter devant un magasin d'informatique. Sarah a ensuite tourné une clef, un rideau d'acier s'est relevé et elle est entrée dans la boutique. Je me suis garé à peu de distance. On distinguait assez l'intérieur du magasin, malgré les reflets de la vitrine, et j'ai pensé que ce magasin lui allait mal, et qu'il allait encore plus mal à Ethan. Du moins à l'adolescent d'autrefois. En fait, les choses vont souvent mal aux êtres. Ou bien c'est moi qui juge mal – et trop souvent. J'ai tâché d'imaginer Ethan avec un sourire accueillant de commerçant : le résultat était comique. Les demi-dieux ne se tiennent pas derrière les comptoirs.

Sarah est apparue à l'entrée du magasin. Elle a observé ma voiture. Elle se tenait droite, toujours droite. Elle était vêtue d'une jupe grise et d'un chemisier d'une blancheur éclatante. Elle était élégante et digne.

Elle s'est approchée de moi à pas lents. Lorsqu'elle s'est arrêtée à côté de la voiture, j'ai descendu la vitre. Elle a dit :

— Pourquoi me suivez-vous ?

— Je suis un ami d'Ethan Shaw.

Elle m'a considéré.

— Ethan n'a pas d'ami.

— Il y a longtemps. Très longtemps.

Elle a secoué la tête.

— Pas plus autrefois que maintenant. Qui êtes-vous ?

— Je m'appelle Adam Vollmann.

— Il n'a jamais prononcé ce nom.

— Je sais. Mais il me connaît très bien.

— Je ne pense pas.

Elle est repartie. À travers les vitres, de moins en moins visible, je l'ai vue se diriger vers le fond du magasin et s'asseoir à un bureau. Sa tête s'est penchée et, même si je ne pouvais pas distinguer son expression, elle était pour moi, dans son silence et son immobilité, une statue triste.

J'ai compris que tout cela ne servait à rien. Je suis reparti. Je ne savais pas très bien où aller. J'avais fait la connaissance de Susan Montes, des lycéennes de Franklin, Reynolds m'avait raconté son histoire, ou plus exactement sa part bien pesée de vérité et de mensonge, et Sarah Shaw m'était apparue. Je suppose que pour écrire un article, pour parler de l'étrange stupéfaction de Drysden, ville curieusement morte et éteinte au milieu de l'agitation générale, animée par quelques fantômes qui proféraient des mots dénués de sens ou qui inventaient des histoires, j'avais bien assez. Des bribes flottaient, incertaines apparences, futiles impressions, et en cette fugacité même surgissait une image de la ville dont je pouvais m'emparer pour un article qui ne dirait rien sur Ethan Shaw et Clara Montes mais beaucoup sur le vide et la tristesse. À New York, j'avais le sentiment que Drysden éclatait sous la pression des journalistes et de l'opinion publique, que des milices se levaient – absurde : tout était à la fois vide et écrasant. Seulement, je n'étais pas venu pour écrire quelques pages d'*impressions*. J'ai tourné quelque temps dans la ville. Je me suis un peu perdu, vaguement. La voiture m'a conduit près de la maison des Montes : cela ne tombait pas si mal. J'irais dans le parc, Mme Montes me livrerait des détails crus sur sa cosmonaute et les éléments de langage se retrouveraient ensuite sur les lèvres d'autres robots moins rusés. Devant la maison, un homme enregistrait avec une caméra. Je l'avais déjà croisé au Blue Bird, dans le centreville. Il avait sa caméra sur l'épaule et aucune équipe ne l'entourait. Aujourd'hui comme la veille, il était habillé d'un short, de tennis et d'un tee-shirt. Je suis descendu de la voiture, je lui ai souri sans en avoir envie, et je lui ai demandé pour qui il travaillait. Il a secoué la tête.

— Pour personne.

— Vous tournez un documentaire ?

— Non. J'enregistre.

— Vous enregistrez quoi ?

Il a tourné sa caméra vers moi, ce qui m'a rempli d'angoisse. J'ai aussitôt plaqué ma main sur l'objectif.

— Je ne suis pas là, ai-je dit bizarrement.

— Il faut croire que si.

La caméra fixait une autre cible.

— Pourquoi est-ce que vous enregistrez ?

— Parce que. Pourquoi est-ce que vous êtes là, vous ?

— Je suis journaliste.

— Pas moi. J'enregistre.

— Vous vous promenez avec votre caméra et vous enregistrez tout ?

107

— Oui.

— Depuis combien de temps ?

— Je suis à Drysden depuis cinq ans.

Il a délogé la caméra de son œil. Il était comme ces mutants qui traînent dans les rues avec des appareils greffés sur l'oreille ou le crâne. Il a tourné la tête vers moi : ses yeux étaient vairons. Troublé, j'ai détourné le regard. Il devait être conscient du malaise qu'il provoquait puisqu'il s'est mis à me fixer.

— Vous détenez tous les secrets de la ville ? ai-je demandé.

— Seulement ce qui se voit.

La caméra a repris sa place et l'homme a continué à enregistrer. L'idée d'un entretien avec Susan Montes m'a découragé. Je suis remonté dans ma voiture et je suis retourné au Blue Bird. Inutile de songer à une autre possibilité. C'était le même serveur. J'ai choisi le plat le plus léger possible, une salade, afin de ne pas vomir. Je savais que mon état ne tenait pas au Blue Bird mais à la nausée des lieux et des êtres. J'ai demandé au serveur s'il était de Drysden. Il venait d'un village proche mais il étudiait à Boulder. Il ne travaillait là que pendant les vacances universitaires. J'ai hoché la tête. Je lui ai dit que j'étais allé deux semaines à l'université de Boulder, pour un colloque auquel on m'avait invité alors que j'étais encore étudiant. C'était la première fois que je faisais une conférence. J'étais impressionné. Le serveur a ri et il a dit qu'il était impressionné aussi de me rencontrer. J'ai ri à mon tour. C'était la première fois depuis mon arrivée à Drysden. Après le colloque, ai-je ajouté, j'avais un peu prolongé. J'aimais bien parce qu'il y avait des grands fauteuils dans

108

la bibliothèque. Je prenais des livres, je lisais et je dormais. Rien à voir avec les habituelles bibliothèques universitaires. Tout était doux.

J'ai laissé un pourboire élevé. Avant de sortir, j'avais pris la décision d'aller au bureau du shérif. Ce n'était pas une idée absurde. Bien sûr, l'enquête était fédérale désormais, mais je supposais que le shérif y participait, et de toute façon c'était le moment de vérifier. Quand j'ai poussé la porte du restaurant, je me suis contracté devant la chaleur. Le ciel était d'un bleu profond, sans un nuage, et j'avais l'impression d'un carré coupant, d'une espèce d'écran inhumain. J'ai regardé la température : les chiffres rouges de l'enseigne brillaient à quarante et un degrés. Tout me faisait mal, la chaleur, la lumière, et je me demandais pourquoi il était prévu que je ne puisse pas faire un pas dans cette ville. Le soleil était un bloc brûlant. J'ai fermé les yeux. Je n'avais pas de lunettes de soleil. À quelle température les yeux brûlent-ils ? L'antagonisme du monde était si puissant, si brutal... Je crois avoir gémi, ou peut-être n'était-ce qu'une illusion. J'ai marché un peu vers le bureau du shérif. Il fallait prendre une rue en pente. J'ai traversé la grande rue, je suis arrivé sur le trottoir en face. J'étais en sueur mais ce n'était pas de la chaleur que je souffrais, pas seulement en tout cas. Un vertige me saisissait. J'ai pensé que ça allait recommencer et que j'allais encore vomir. J'ai regardé la rue en pente à ma gauche, une simple pente un peu raide, et l'obstacle m'a paru infranchissable, pareil à une muraille de feu. Je suis revenu à ma voiture. C'était lamentable.

Là, je me suis senti un peu mieux. Il faisait encore plus chaud, des larmes de sueur ont coulé sur mon front et dans ma gorge mais j'avais l'impression que l'habitacle me protégeait de l'agressivité du monde. Je suis revenu à l'appartement. Je me suis allongé, avec la même envie de vomir que la dernière fois, mais le malaise a reflué, j'ai pris la télécommande pour allumer la télé et j'ai tâché de me changer les esprits en zappant sur les cent cinquante-cinq chaînes dûment repérées.

Je me suis tenu un long discours. J'ai dit que tout allait bien, que je menais une enquête sans danger et finalement sans enjeu, puisque au fond je n'avais mandat que pour la description d'une affaire médiatique : même si je restais dans cette chambre à regarder la télé et mon ordinateur, je pourrais toujours écrire mon article. Personne ne me reconnaissait, même Reynolds m'avait parlé comme à un parfait inconnu, et l'angoisse qui pervertissait chacun de mes gestes était absurde. « Il n'y a rien, mon gars, vraiment rien. Tu te ronges les sangs pour des illusions. »

Afin de me donner l'impression de travailler, j'ai repris mes notes et je suis allé sur Internet. Cela me faisait du bien. Cela détournait l'angoisse. J'ai vu qu'une question avait été posée le matin même à la porte-parole de la Maison-Blanche au sujet de l'affaire Shaw. C'était une ancienne éditorialiste de Fox News, très agressive à l'époque. Passée de l'autre côté, elle se tenait chaque jour sur la défensive. Elle a eu quelques phrases évasives sur la recherche du responsable. J'ai ouvert une fenêtre sur la liste des journalistes devenus porte-parole dans l'histoire des États-Unis : Stephen Early pour Roosevelt, Jonathan Daniels pour Truman, Pierre Salinger pour

Kennedy, Larry Speaks pour Reagan ou Tony Snow, de Fox News également, pour G.W. Bush.

J'ai fait défiler la page : la rubrique suivante donnait la liste des porte-parole *dans la fiction :* Melanie Mitchell dans *Air Force One,* Abby Whelan dans *Scandal,* Mike McLintock dans *Veep,* Seth Wright dans *Designated Survivor,* Seth Grayson puis Sean Jeffries dans *House of Cards.*

On en est là désormais ? Il y a une rubrique *réalité* et une rubrique *fiction* ?

Oui. Et il faut encore se féliciter que les deux soient séparées. Parce que la plupart du temps, elles ne le sont pas. La fiction est la réalité et la réalité est la fiction. La confusion, inévitable, mène au malheur. Ou peut-être à une autre forme d'humanité.

Sur l'écran de l'ordinateur, à la faveur d'un plan large, j'ai remarqué une silhouette en costume noir, très attentive. Il m'a semblé que l'homme murmurait les mots mêmes de la porte-parole, qu'il devait avoir préparés avec elle. Je l'ai reconnu : James Furby, directeur de communication de la Maison-Blanche. Il avait maintenant une soixantaine d'années, la barbe poivre et sel bien taillée, avec cette maîtrise de soi apparente qui m'avait frappé lorsque je l'avais rencontré à la publication de son roman voilà dix ans, chroniqué dans un de mes premiers articles du *New Yorker.* C'était un bon livre. J'avais été surpris de découvrir Furby dans l'organigramme de la Maison-Blanche, surtout après le succès de la série HBO qu'il avait dirigée entre-temps.

J'ai très peu suivi son action auprès du Président. On ne sait jamais trop ce que fait un directeur de communication. S'il est efficace, il est invisible. Il est l'ombre et la trace. Il organise le récit du pouvoir. Des rédacteurs mettent tout leur talent dans les discours, une chronique politique et légendaire de l'action gouvernementale se met en place, le Président acquiert cette forme de poids et de stabilité historique qui le rend inébranlable. Au fond, le métier n'est pas très différent de celui de *showrunner* dans les séries : il s'agit de coordonner différents métiers au service d'un récit et de quelques personnages.

Évidemment, l'opposition, les journalistes, les sursauts de l'opinion, les cris perçants du réel agonisant tentent de rompre le bel ordonnancement du récit – ou plutôt proposent des alternatives théâtralisées. Parfois, les personnages échappent au scénario, font des erreurs ou se révèlent de médiocres acteurs. Ou bien encore ils se rebellent en s'estimant supérieurs au récit – pourtant ils sont le récit. Ils en sont la chair, les visages, les dialogues. Erreurs, faux pas, blasphèmes intègrent le cours même de la narration, la renforçant ou l'affaiblissant. À la fin, la série est bonne ou mauvaise, voilà tout.

La Maison-Blanche n'est pas mon domaine au journal. Je me tiens éloigné de la politique quotidienne, dont les rebondissements m'ennuient. En Amérique, la politique est un divertissement. Les présidents sont des acteurs à la retraite, des présentateurs d'émissions de télé-réalité et, lorsqu'ils ne le sont pas, c'est qu'ils ont passé trop de temps à jouer des rôles dans la vie pour le faire devant une caméra. En revanche, rien n'est plus politique que le divertissement. Depuis cinquante ans, Hollywood a plus fait pour la puissance américaine que tous les présidents réunis. Cela, je l'ai suivi. J'y ai été attentif. J'ai tenté d'embrasser la nébuleuse fictionnelle et idéologique. J'ai regardé les présidents de fiction. J'ai regardé les extra-terrestres, les animaux, les hold-up, les super-héros, les uchronies, les dystopies, les utopies, les comédies, les mièvreries, les dinosaures et les apocalypses, et partout j'y ai vu la politique. J'ai su que la réalité n'existait plus et que tous nous étions emportés par le fleuve furieux et doux de la fiction, qui s'emparait de nos vies, de nos consciences, de nos espoirs et de nos rêves comme un tyran mielleux, travaillant à notre bonheur, pourvoyant à notre sécurité, prévoyant et assurant nos besoins, facilitant nos plaisirs, nous ôtant entièrement le trouble de penser et la peine de vivre.

Je pense que Furby a abandonné le vrai pouvoir pour son apparence. Mais il est vrai que personne ne contrôle le grand corps du tyran, alors que sa position à la Maison-Blanche lui permet de croire qu'il a un rôle à jouer.

15

J'ai dormi. Disons que j'ai réclamé ma part d'oubli. Passer plus de temps à dormir qu'à vivre n'est sûrement pas bon signe. Vers 18 h, je suis allé faire des courses. J'ai encore pris ma voiture et je suis allé au supermarché. J'ai tenté d'acheter les produits le plus frais possible, des fruits, des légumes, ainsi que du café, du lait et des céréales pour le petit déjeuner. Je sentais que c'était important. J'ai rangé tout cela, avec le plus grand soin ; là encore, c'était important.

Puis j'ai lu un livre. Parmi les romans et les essais emportés, j'ai choisi le plus beau style. J'avais besoin de me laver de la laideur. J'ai lu au hasard des pages, surtout des descriptions, et j'ai tenté de percevoir l'harmonie d'un monde créé et de la langue qui l'exprimait. Accoudé à la fenêtre, sans regarder au-dehors, j'ai laissé venir l'harmonie. La beauté n'est pas l'unique but de l'art, loin de là, mais elle est parfois son seul pouvoir. C'était cette heure du crépuscule où monte la paix de la terre, et même Drysden en était apaisée. Je me suis senti beaucoup mieux, beaucoup plus calme. Comme ces fous qui se rassurent à travers le rituel des habitudes, je redonnais l'harmonie à un monde brisé. Je ne savais pas pourquoi il était brisé, je sentais seulement que j'avais besoin de café dans le placard, d'un panier de pommes et d'un beau livre.

J'ai lu jusqu'à la nuit. Je me suis préparé une salade de tomates que j'ai mangée lentement. J'ai pris un yaourt et une pomme. C'était important.

Puis j'ai repris mon livre, je me suis couché et, alors que je n'avais fait que dormir, j'ai recommencé.

Je me suis réveillé à l'aube, en bonne forme. Je me suis préparé un petit déjeuner, avec moins d'attention ritualisée que la veille. J'ai senti le café dans ma bouche et dans ma gorge, j'ai mangé les céréales.

Après m'être habillé légèrement, j'ai enfilé des baskets et j'ai conduit dans les rougeoiements du ciel. J'ai un peu erré au début : je connaissais mon but, le chemin était vague. J'ai emprunté l'autoroute, puis j'ai pris une sortie qui n'était pas la bonne, je suis retourné sur l'autoroute et je suis sorti une dizaine de kilomètres plus loin. La route traversait une plaine, et pour la première fois je me suis rendu compte de la sécheresse qui s'était abattue sur le pays. La plaine était une poussière grise, les blés et les maïs, petits et informes, dressaient sur l'horizon des fantômes décharnés. Je suis passé à côté d'un étang vidé de son eau et fragmenté en plaques jaunâtres de terre sèche. Il régnait une tristesse née de l'abandon et de la perte, celle des terres que le ciel a, au sens propre, déshéritées. Autrefois, cette plaine était florissante, plusieurs rivières y coulaient. Je ne sais pas ce qui s'est passé.

La route s'élevait peu à peu. La montagne n'est jamais loin à Drysden. J'ai baissé les vitres, je voulais les odeurs du matin dans la montagne. Je ne connais pas vraiment cette terre, cette nature. Je n'ai jamais voulu être d'ici, et j'ai adopté New York comme ma terre d'origine. Mais la montagne s'empare même des étrangers.

À moins que je n'aie cherché autre chose que l'odeur de la montagne et que celle-ci ne soit que le paravent du passé – parce qu'au moment même où l'air est entré dans la voiture, il a ramené avec lui un matin d'adolescence. Ce qui m'est revenu, c'est le cuir froid du siège, son odeur et le vent frais qui passait par la vitre que je n'osais pas relever, pétrifié par ma timidité devant Ethan. J'avais croisé les bras pour me réchauffer, en essayant de ne pas montrer que j'avais froid. Ce matin-là, si plein, si présent, avait eu lieu dix-sept ans plus tôt. Cette splendeur de l'étonnement, de la plénitude du moment présent, cette splendeur inaugurale. Être toujours dans la splendeur de la première fois. Subir de plein fouet la présence du réel.

Je me suis garé au même endroit qu'autrefois. Ce n'était pas la mélancolie qui me guidait, même si elle n'était pas absente, plutôt une forme de duplication réfléchie. J'ai emprunté le même sentier, en montant un peu plus vite je pense. Je suis plus fort qu'autrefois. Je me suis arrêté quelques fois pour boire et observer le paysage. Je n'étais pas tout à fait sûr. C'était il y a dix-sept ans tout de même. Mais quand je suis arrivé, je n'ai eu aucun doute. Comment aurais-je pu oublier le surplomb et le rocher plat où nous avions pique-niqué, à quelques mètres du sentier ? Je suis entré dans les herbes et je suis allé vers la gauche. Mes souvenirs, que je croyais si exacts, ne l'étaient pas : j'avais cheminé au milieu des reconstructions de la mémoire. Mais la grotte, elle, je ne la manquerais pas.

Je ne l'ai pas manquée. La paroi de la montagne n'était pas celle qui se dressait dans mes souvenirs : elle était à la fois moins escarpée, plus herbeuse et moins orientée vers le nord. Mais l'entrée de la grotte était là, toujours aussi étroite, aussi dissimulée, aussi rétive à s'offrir aux regards. J'ai ôté mon sac à dos, j'ai enlevé mon tee-shirt – répétition pour une cérémonie mémorielle – et je me suis faufilé dans le trou, aussi serpentin qu'autrefois, malgré la métamorphose et la mue de l'âge adulte. Je pensais qu'à l'intérieur le pâle petit serpent du passé m'attendrait, tapi au milieu des souvenirs d'une scène d'adolescence, fantôme incertain, mais ce qui m'a frappé, dès que mon regard s'est habitué à l'obscurité, c'est le tas de provisions rassemblé dans un coin.

Je ne m'étais pas trompé. La grotte était le refuge d'Ethan. Ou plutôt un de ses refuges. Parmi les provisions, il y avait des boîtes de conserve mais aussi des produits périssables.

Un bruit à l'entrée de la grotte m'a fait me retourner. Mon cœur a battu follement, de peur et de joie, avec un ridicule achevé. Et puis Sarah Shaw s'est relevée et c'est elle qui a tressailli d'effroi. J'ai tendu la main pour l'apaiser mais je ne sais ce que signifiait cette main tendue dans l'obscurité. La jeune femme s'est immobilisée. Elle portait un sac.

— Je lui apporte à manger.

— J'ai compris.

— Vous êtes Christopher Mantel, c'est ça ?

— C'était mon nom autrefois.

117

— Ethan m'avait averti qu'un jour un homme de ce nom viendrait peut-être et qu'il se présenterait comme son ami.

— C'est le cas.

— Il m'a dit que je pourrais probablement vous faire confiance.

— Je le crois.

Elle est restée silencieuse un moment. Ses yeux se sont sans doute habitués à l'obscurité.

— Comment connaissez-vous cette grotte ? demande-t-elle.

— Ethan m'y a conduit.

— Il m'avait dit que j'étais la seule.

— Non.

Elle a hoché la tête.

— Ethan n'est jamais pleinement sincère.

— Ou jamais entièrement mensonger. Mettons que vous êtes la seule femme et moi le seul homme.

— Peut-être.

— Vous n'avez pas peur d'être suivie ?

Sarah s'est appuyée contre la cloison.

— Je suis tout le temps suivie. Mes téléphones sont sur écoute, mon ordinateur est traqué, pas un mail ou une recherche ne leur échappe.

— Leur ?

— Je ne sais pas. Police, services secrets, tout ce que ce pays compte de services de surveillance, sans compter les éventuels hackers qui habitent trop loin pour briser mes vitres mais peuvent quand même se faire plaisir en entrant dans mon ordinateur. Je n'ai jamais envoyé le moindre message à Ethan et nous ne correspondons qu'à travers cette grotte.

— Donc vous pensez vous aussi qu'il est innocent ?

L'expression de son visage, dans la pénombre, était indéchiffrable.

— *Vous aussi ?* a-t-elle répété.

— Oui. Ou plus précisément, je ne crois pas trop à sa culpabilité.

— Moi non plus.

La conviction manquait de fermeté.

— Vous ne craignez pas de mener la police directement à Ethan en lui apportant à manger ?

— Il faut bien qu'il se nourrisse. Et puis je marche deux fois par semaine en montagne depuis mon arrivée à Drysden, il y a dix ans. Tout le monde le sait et je n'ai pas changé mes habitudes. Par ailleurs, cette grotte n'est pas choisie par hasard : d'ici, on peut observer toute la vallée ou presque. Personne ne peut approcher sans que je m'en rende compte.

— Où est Ethan ?

— Si je le savais, je ne vous le dirais pas, évidemment. Mais je l'ignore. Je crois qu'il change sans arrêt de lieu. Il a dû trouver des abris, d'autres grottes ou le couvert des feuillages. Il ne me le dit pas.

— Vous l'avez donc revu.

— Une fois seulement.

— Comment va-t-il ?

— Comme un homme pourchassé par toutes les polices du pays et accusé du viol et du meurtre d'une adolescente de seize ans.

119

— Il n'aurait pas dû s'enfuir. La fuite a semblé un aveu.

— Il était condamné avant d'être jugé. Du moins c'est l'impression qu'il avait. D'une certaine façon, Ethan a toujours fui. Il a été égal à lui-même.

— La peine de mort n'est plus appliquée dans le Colorado, ai-je dit sans y croire vraiment.

— Sauf pour les violeurs meurtriers comme Gary Lee Davis. J'ai vérifié.

— Moi aussi. C'était en 1997. Mais compte tenu de l'hystérie ambiante, je suppose qu'il serait en effet exécuté. Est-il armé ?

— Oui.

— Ses deux fusils ?

Elle a eu un regard interrogateur.

— J'ai discuté avec Reynolds.

— Oui. Deux fusils de chasse.

— Il tirera ?

— Je n'en sais rien. Lui non plus je pense.

Sarah a pris un papier, griffonné quelques mots puis elle l'a laissé à côté des provisions, qu'elle a renouvelées. Je me suis penché. Il était écrit : « L'ami est arrivé. »

— Je dois partir. Il faut que j'ouvre le magasin. Restez ici, laissez-moi un quart d'heure d'avance.

— Est-ce que je peux vous retrouver ce soir chez vous ? J'aimerais en savoir davantage sur Ethan.

— Si vous voulez. Je ne suis pas sûre d'être là. Essayez de passer à dix-neuf heures. Ne m'appelez pas.

Elle s'est recroquevillée pour passer à travers l'ouverture. J'ai attendu un quart d'heure et je suis sorti. J'ai observé les alentours. La silhouette amenuisée de Sarah descendait le flanc de la montagne. Personne, en effet, ne pouvait surprendre Ethan en son refuge. C'était une tour d'observation.

Le soir à 19 heures, je suis allé sonner à la porte de Sarah : elle n'était pas chez elle. Je ne comprenais pas bien ce que la femme d'un fugitif, considérée avec méfiance par toute la ville, pouvait faire de sa soirée.

16

J'ai lu avec attention, un jour, le site d'un auteur à succès, un honnête artisan qui ne prétend qu'au divertissement et qui, comme beaucoup d'artisans travailleurs et consciencieux, va plus loin que ce qu'il prétend. Plusieurs points m'ont frappé dans cet *art d'écrire* si éloigné de tout ce que j'avais lu dans ma jeunesse, et surtout celui-ci : dans un roman de divertissement, écrit dans une prose transparente, et dont le seul propos est de tenir le lecteur en haleine, *un rebondissement doit intervenir toutes les quatre à six pages.* Bien qu'il ne soit en rien impossible de considérer un écrivain comme un cordonnier et la création d'un livre comme une besogne de forme, avec découpe, piquage et rempliage, j'ai tout de même été surpris par la mécanisation de l'approche. Quatre à six ! Pas deux, pas sept, pas dix, pas vingt. Quatre à six !

C'est à ce site que j'ai songé, en cette fin de journée, alors que j'étais rentré dans mon appartement après ma visite à Sarah, lorsque les écrans, tous les écrans, télé, portable, ordinateur, ont fait trembler une image sombre – l'image vacillante, opaque, reflétait autant la nuit que la peur qui l'escorte – et que l'obscurité a été crevée par un cri perçant. Il y avait tant d'effroi, tant de détresse dans ce cri ! Il n'y avait rien d'autre que ce cri et la nuit, mais ce cri, c'était la peur elle-même, surgissant des ténèbres de l'enfance et de l'humanité.

Les journalistes s'agitent, le visage grave. Les intervenants s'agitent, le visage grave. Des avertissements traînent un peu partout : *attention, ces images peuvent troubler – attention, ces images peuvent choquer – attention, ces images peuvent heurter la sensibilité – attention, la vision de ces...*

Elles ne *peuvent* pas, elles troublent, elles heurtent, elles choquent, mais surtout elles *sont* cette opacité mêlée des cauchemars et de l'effroi, comme des monstres informes et des terreurs sans visage.

Une fois l'émotion retombée, la diffusion de cet enregistrement m'a paru une erreur majeure. Personne n'affirme qu'il s'agit de Clara Montes mais, avec l'hypocrisie la plus totale, l'argumentation la plus embourbée, signe supplémentaire de la dérive de cette affaire, on considère que l'événement en lui-même est la réception par plusieurs sites et journaux de cet enregistrement anonyme, enregistrement qui, bien entendu, devait être rendu public. Alors même qu'à l'évidence rien ne prouve qu'il s'agit de la jeune fille. Mais un site a commencé par le mettre en ligne, d'innombrables autres ont suivi pour gagner de l'argent, et les médias traditionnels ont été obligés de s'incliner, avec les réticences déontologiques habituelles et des conseils de rédaction houleux.

C'est là que j'ai songé à la mécanique narrative. Quatre à six pages. Dès que la tension retombe dans le pays, un rebondissement relance la haine. Si l'orchestre cacophonique de l'information n'entretient pas assez l'émotion, un envoi – les photos de Clara, le prétendu cri de sa mort – s'en charge. Et de nouveau, le vacarme éclate, l'opinion s'exaspère, l'opposition hurle à la faiblesse et une nuée d'hélicoptères tourne au-dessus de montagnes si boisées qu'elles offrent une surface impénétrable. Relance toutes les quatre à six pages.

J'ai écouté l'enregistrement en tâchant de me détacher du cri, de lui ôter toute intensité humaine, le dégageant de sa cosse de signification pour ne plus considérer que l'agrégat sonore. Au fur et à mesure des écoutes, comme un monteur son désagrège sa matière.

Rien n'est plus travaillé que le son au cinéma. Sur les gros films, les intervenants du son peuvent être au nombre de cent cinquante. J'ai étudié le son des combats de boxe de La Motta (de Niro) dans *Raging Bull* à l'université. Chaque coup de poing – cette forme étouffée du son éclatant dans la tête du boxeur – est la combinaison d'une trentaine de micro-sonorités, parfois davantage, minutieusement rassemblées (bruit de sabots de cheval, passage de voiture, tourbillon de billes d'acier…) dans l'homogénéité apparente d'un son unique. Mais surtout, ce que j'ai appris, c'est que le son est une illusion fictionnelle. De même qu'un coup de poing au cinéma n'a rien du son d'un vrai coup, l'environnement sonore est une réinvention. Le bruit véritable d'une explosion d'obus n'a encore jamais été entendu au cinéma, parce qu'il ne correspond pas aux attentes des spectateurs : les explosions d'obus sont en fait des éclatements de bidons

124

vides parce que l'écho de leur vacarme épouvantable est plus évocateur que l'explosion sourde d'un obus. De sorte que des sons que nous croyons reconnaître n'ont jamais existé dans la réalité. Ils ne sont que des imitations d'illusions.

J'ai installé trois combinaisons sonores en parallèle sur mon ordinateur. Le cri de Clara Montes. Celui de Marion Crane (Janet Leigh) au moment où elle est assaillie par Norman Bates sous la douche dans *Psychose*. Celui d'Ann Farrow (Fay Wray dans la version inégalée de 1933) à l'apparition de King Kong, lorsque attachée à deux piliers elle est offerte en sacrifice au dieu gorille. L'enregistrement du cri de Clara Montes dure 1 mn 38. La scène de la douche 2 mn 53 secondes mais le cri lui-même ne dure qu'une douzaine de secondes. Entre l'apparition de Kong et le défi qu'il lance à la tribu, la jeune femme enserrée dans sa patte, 1 mn 34 s'est écoulée et Ann Farrow a hurlé 1 mn 20.

Les trois cris sont une succession de cris brefs. Ceux de Clara Montes – qui ne sont peut-être pas du tout les siens – sont les plus longs et les plus amples. Les cris de terreur de Marion Crane sont à ma propre surprise très brefs et en fait accentués et presque doublés par la célèbre musique syncopée, ceux d'Ann Farrow sont multiples et répondent à la fois à l'apparition du gorille géant et à ses grondements. Seul le cri de Clara Montes s'élève dans une solitude encore accentuée par l'obscurité. Il n'y a que ce son et c'est pour cela qu'il est aussi angoissant. Sa texture, en revanche, n'est pas si différente des hurlements feints des deux actrices. Le cri d'Ann Farrow est peut-être un peu stéréotypé. Je pense surtout que même les cris, au cinéma, sont une part du jeu et que celui-ci est un peu daté.

Qui a jamais entendu un cri de terreur ? J'ignore ce qu'est un vrai cri. Il m'est arrivé d'entendre des cris de colère, de peur, des appels, mais jamais ce type de hurlement terrifié. Peut-être n'existe-t-il pas, je n'en sais rien. En tout cas, je me rends compte qu'on ne peut conclure à l'authenticité de ce cri. Non seulement l'identité de la femme est inconnue mais, en plus, ce hurlement pourrait n'être qu'un jeu d'actrice et, comme je commence à comprendre la règle des quatre à six pages, je crois de moins en moins au meurtre de Clara Montes. Un type est en train de me raconter une histoire. C'est peut-être un scénariste doué, mais cela reste une histoire.

Le lendemain, un détachement de cent policiers a envahi les montagnes. Je l'ai appris à la télévision. Il fallait répondre à la colère de l'opinion. C'était une demande personnelle du Président, exaspéré, disait-on, par l'absence de résultat. Les images montrent les hommes s'égaillant par les sentiers. Ils sont mangés par la forêt. Des gros plans mettent en valeur des visages déterminés. Eux aussi jouent leur rôle. Par la fenêtre, j'ai entendu des hélicoptères passer dans le ciel puis, sur les écrans, je les ai revus, avec un grondement plus fort.

Sur ma table, il y a une pomme. Je la considère. Elle est jaune lavée de rouge, plus large que haute, comme tassée. Elle est imparfaite, bosselée et dissymétrique. Sa peau est légèrement piquetée de pointes noires. Le pédoncule se dresse comme une tige et je songe aussitôt à un coquelicot qui émerge des herbes comme un drapeau rouge, tout en réfrénant cette *image* puisque j'ai devant moi la pomme elle-même, sans images, sans symboles, sans signification même. Elle *est*. Rien d'autre que sa présence, devant moi, dans sa plénitude de *chose*. Il ne faut pas que je la déforme, il faut juste prendre en compte sa présence, de la couronne de son œil ouvert au pédoncule sombre.

Je la déplace. Ma main – un assemblage de nerfs, de muscles, de peau, de chair et de sang – s'empare de la pomme et la déplace. La lumière changeante renforce l'éclat du rouge.

Cette pomme, comme le café, comme le petit déjeuner, *est*. Elle n'est pas une représentation, une image ou une fiction. La pomme a pu séduire Ève ou Adam, elle a pu empoisonner Blanche-Neige, mais ce n'est pas cette pomme-là, devant moi, qui n'a rien d'une *histoire*, qui est simplement une pomme. Je pourrais dire que dans cette simplicité se tient le monde, mais ce serait l'irruption, encore une fois, de l'altérité du symbole. Une pomme. Juste une pomme, jaune lavée de rouge.

Face aux images, aux récits, aux scénarios, face au scintillement des apparences, à l'impalpable et implacable superposition des niveaux de réalité, il y a ma pomme. Et comme ces paléontologues qui reconstituent d'énormes animaux à partir d'un fossile libéré de sa poussière, j'ai le sentiment de pouvoir recomposer la réalité du monde à partir de ce fragment.

17

La journée a été longue. J'ai fait le point sur les différents services de police qui s'occupent de l'affaire Clara
Montes, au niveau fédéral et municipal, et sur les effec-
tifs engagés. J'ai collationné les déclarations du gouvernement et des personnalités politiques les plus importantes. Dans ma recherche, je me suis aperçu qu'une
milice d'une trentaine d'hommes, de femmes et d'adolescents s'est constituée à Drysden depuis plusieurs
années, assez active sur Internet dans ses démonstrations de survivalisme (plusieurs vidéos d'entraînement
au tir d'armes automatiques) et d'opposition au gouvernement. Récemment, la milice a déclaré qu'elle s'enga-
geait à poursuivre et retrouver Ethan Shaw. Les déclarations affectent un sens des responsabilités, une modé-
ration et une religiosité diffuse (« ramener parmi nous
la brebis égarée ») qui tranchent avec l'habituelle furie
des milices. Les photos montrent un groupe à l'équipement inégal, certains habillés en militaires et armés de
fusils d'assaut, d'autres de pistolets. Une femme en jean
pointe un couteau. Les hommes entre trente et quarante
ans sont majoritaires. Parmi eux, même si j'ai du mal à

le reconnaître – mais plusieurs messages le désignent par son nom –, se trouve l'ami de Reynolds, le partenaire de chasse d'Ethan et le plus violent des trois adolescents qui m'ont autrefois agressé : Steve Muller. Est-ce l'équipement ? Il me paraît plus grand et plus fort qu'autrefois, lui qui était déjà large, et surtout ses cheveux sont presque blancs, son visage vieilli. On lui donnerait dix ans de plus que son âge. Un casque achève de le transformer. Sur plusieurs photos, ce même casque est surmonté d'une caméra : il filme probablement ses entraînements.

Je suis allé au restaurant. Le serveur n'y était pas. Une jeune fille le remplaçait. Je lui ai demandé où se trouvait son collègue. Il ne travaille pas aujourd'hui. Il reviendra demain. Je suis rentré chez moi pour faire mes recherches. Ce n'est qu'une excuse : je ne me suis pas encore adapté à Drysden et la nausée m'a pris après le repas, moins forte que les fois précédentes.

J'ai un peu dormi. J'ai repris mes recherches. À un moment, je me suis dit que je plongeais dans le Net, absorbé dans les images, et que mon corps glissait en elles. Si le texte ne happe pas, les images, elles, par un étrange effet de relief et de scintillement, superposent l'architecture de plusieurs mondes où le regard s'engloutit.

Le soir, à dix-neuf heures, je suis retourné chez les Shaw, si je puis l'écrire ainsi. La porte s'est ouverte. Je suis entré dans un espace assez sombre. Sarah a allumé les lumières. J'ai eu l'impression qu'elle vivait dans l'obscurité. Elle avait l'air fatigué, elle s'est excusée de ne pas avoir été présente la veille. Je n'ai pas aimé leur maison :

la part d'anonymat y est trop forte. Ethan n'y habite pas, Sarah n'y habite pas. Ils ont une table, des chaises, une télé, un canapé. Ils ont une machine à laver, des placards, un réfrigérateur. Une bibliothèque trop maigre rassemble quelques livres et DVD. Parmi les titres, je vois celui de *Guerre et Paix*, je l'ouvre et je trouve en première page, dans une écriture adolescente, le nom *Ethan Shaw*. Cette vision me trouble et m'émeut, parce que je me souviens de la première fois où le demi-dieu m'a parlé, un peu timide, alors que je lisais une nouvelle de Tolstoï, en me confiant qu'il avait tenté de lire *Guerre et Paix*.

Je demande à visiter la maison. Sarah hausse les épaules et m'ouvre le chemin. Elle pousse la porte d'une pièce à moitié vide. Pourquoi personne n'habite-t-il ici ? Pourquoi cette maison est-elle si abandonnée, si vide de toute âme, de toute chaleur humaine ? Puis elle me fait entrer dans ce qui semble être un bureau. Sur la table près de la fenêtre s'étale un puzzle. Je m'approche. L'ouvrage est inachevé. Il représente un navire prêt à appareiller.

— Ethan adore les puzzles, explique Sarah.

— Il y en a d'autres ?

Elle ouvre une armoire. Chaque étagère est emplie de puzzles aux pièces de carton ou de bois minutieusement rassemblées, entassés les uns sur les autres. J'en prends plusieurs, que je dépose sur la table. Pour l'essentiel, il s'agit de bateaux à voile et de villes imaginaires. Le départ. Il y a dans certaines représentations l'épure d'un dessin d'architecture. La pureté des départs et des abandons, la pureté des mondes lointains, l'aube de l'appareillage.

Aucun puzzle n'est achevé.

Parfois Ethan en a couvert la moitié, parfois les trois quarts, parfois davantage encore, mais ce qui est plus troublant, c'est qu'il ne manque à plusieurs qu'une pièce unique. Une petite pièce cartonnée qu'il aurait suffi d'insérer, d'un simple geste, la dernière pièce qui se trouvait sur la table, à côté du puzzle. Ce geste, Ethan ne l'a pas fait. Il a laissé de côté un fragment. Chaque puzzle est l'expression suspendue d'un inachèvement. Je me retourne vers Sarah.

— Ethan manque de patience, dit-elle.

Nous savons tous deux que ce n'est pas cela.

Nous revenons dans le salon. Je m'assieds dans le canapé. Sarah me demande si je veux boire quelque chose puis elle m'apporte un verre d'eau dans un verre gris et il y a dans ces gestes un manque d'habitude qui signe l'isolement. Les Shaw ne reçoivent jamais personne. Ils habitent une maison inhabitée et ils vivent seuls. Ils n'ont pas d'enfants, ils n'ont pas d'amis ou du moins ne les invitent pas chez eux. Ils sont des fantômes. Ils ont la beauté des demi-dieux et ils sont des fantômes.

La tristesse de cette femme est évidente et je pense qu'elle ne date pas de l'affaire, qui a évidemment brisé son existence. Je pense aussi qu'elle a vu à travers mon regard le vide de l'appartement, le vide des puzzles.

Je sors mon téléphone.

— Voudriez-vous me parler d'Ethan ?

Les gens parlent. Les gens parlent beaucoup. Ils mentent, disent la vérité, se mettent en scène, inventent des récits, déforment, pleurent et se plaignent, mais en tout cas ils parlent presque toujours lorsqu'on les interroge. Je ne sais pas pourquoi.

REC. SARAH SHAW

Je m'appelle Sarah Shaw. Je suis mariée à Ethan depuis sept ans. Nous nous sommes connus à New York. Je l'ai rencontré dans un café. Il était à la table voisine. Je l'ai trouvé beau, je l'ai abordé, j'avais envie de le connaître. Le résultat, c'est que je ne l'ai jamais connu et que ça a fini avec une accusation de viol et de meurtre. Même avant, je ne l'ai jamais vraiment connu. À un moment, je me suis dit que c'était normal, qu'on ne connaît jamais les gens, c'est pour cela qu'on peut vivre avec eux sans trop s'ennuyer.

(Silence.)

Enfin... sans trop s'ennuyer... Je me suis beaucoup ennuyée avec Ethan. Ethan travaille, Ethan fait ses puzzles, Ethan regarde la télé, Ethan fait son sport. Ethan parle peu, fait peu attention aux autres. Ce n'est même pas qu'il ne pense qu'à lui, parce qu'il y pense encore moins. Parfois, j'ai eu l'impression de vivre avec un animal sauvage, qui traversait mon univers par hasard.

(Elle ne regarde pas l'objectif, elle est dans ses pensées.)

Ethan m'a beaucoup fait l'amour au début puis il s'en est désintéressé. Il n'a pas de maîtresse je crois, il est juste seul, il vit à côté de moi. Je pense quand même qu'il est bizarre. Toutes ses émotions sont rentrées, secrètes. Il ne parle jamais de ses sentiments.

(Silence.)

Il faut beaucoup l'aimer pour vivre avec lui. Moi, je l'aime beaucoup. Je ne sais pas pourquoi je vous dis cela, je ne vous connais pas. Mais vous êtes son ami, paraît-il. Ce n'est pas ce qu'il a dit d'ailleurs, il a juste dit que vous viendriez et que vous vous présenteriez comme un ami. Il a quand même ajouté qu'on pouvait vous faire confiance, ce qui, de sa part, est un blanc-seing. Alors qu'il ne m'avait jamais parlé de vous avant cette affaire. Mais il a pensé que vous viendriez. Et vous êtes venu. C'est donc que vous étiez des amis proches, non ?

(Ricanement.)

Ami proche d'Ethan ? Ça ne peut pas exister. C'est une notion inconnue, ça, un oxymore…

(Silence.)

Pardon. Tout ce que je dis est si décousu… Si amer. Ce n'est pas de cela que vous avez besoin… Si d'ailleurs vous avez besoin de quelque chose. Moi, souvent, je me suis posé la question banale, vous savez : qui est mon mari ? Bien avant l'affaire. Qui est Ethan Shaw ? C'est un homme qui possède plusieurs ombres, vous savez. Quand il marche, il a trois ou quatre ombres et personne ne saura jamais quelle est la vraie. Peut-être toutes… Je ne sais pas, je n'ai jamais su.

(Le corps emplit l'écran. Sarah se lève, disparaît de l'écran. Voix plus lointaine.)

Pardon. Je vais me chercher à boire. Vous êtes sûr que vous ne voulez pas d'alcool ? J'ai du porto. C'est le seul alcool de la maison. Ethan buvait de la bière mais il n'y en a plus.

(Opacité du corps, mouvements sombres puis de nouveau l'image du visage.)

L'ombre. Oui, l'ombre. Celle du sportif par exemple, celle que vous avez connue, je suppose. Le joueur de football, le tennisman, le tout ce que vous voulez. Eh bien, Ethan n'a jamais aimé le sport et surtout pas le football, qu'il déteste. Il trouve ce sport brutal, stupide et dangereux. Ethan aime marcher dans la montagne, courir, s'amuser avec un ballon mais il déteste l'affrontement des compétitions, les vociférations des foules et des entraîneurs. Vous êtes surpris, hein ? C'est pourtant le cas, il me l'a avoué cent fois. Il y a néanmoins consacré des années de sa vie. Il s'est entraîné, il a soulevé des poids, il s'est ruiné les deux genoux pour un sport qu'il détestait. Et pourquoi ? Parce qu'il était Ethan Shaw et qu'il avait l'impression de devoir jouer au football, parce qu'il croyait que personne ne le respecterait s'il n'était pas le capitaine et le meilleur joueur de l'équipe. Parce qu'il voulait être aimé et admiré et que sa seule qualité, d'après lui, c'était d'être fort et rapide.

(Silence. Mouvements des mains.)

La force. Vous savez ce que c'est, vous ? La force, l'idéologie de la force, de la virilité. Ce truc diffus, cette définition obscure qui n'est qu'une forme de la domination et dont Ethan aurait même été incapable de se rendre compte mais qui l'a accompagné toute sa vie. Être fort. L'apparence, les épaules, les muscles, la détermination du visage, une série de démonstrations animales qui ne sont qu'une illusion, parce que Ethan n'était pas fort, Ethan était faible. Il était musclé, fort, oui, et lorsqu'il retirait son tee-shirt après le sport, mon Dieu, c'était vraiment très beau ce torse de statue, mais ce n'était que du bluff parce que Ethan était faible, Ethan était incapable d'une vraie détermination, d'une vraie force morale. Était... est incapable.

(Elle baisse la tête.)

J'aime cet homme, mais il n'est pas ce que les autres croient. Lorsqu'on me parle d'Ethan Shaw, dans cette ville, on ne parle pas de l'homme qu'il est mais d'un adolescent qui n'a jamais existé. Ethan Shaw n'est plus et n'a jamais été. Je ne connais que les ombres d'Ethan. Je n'aime pas la force. Ce n'est qu'une illusion... Enfin chez Ethan c'est une illusion parce qu'il a pensé, ou on lui a fait croire, que seule la force était respectable. Je ne sais pas si vous pouvez comprendre ça... Vous êtes un intellectuel... Vous ne l'avez pas vécue, je pense... l'influence pernicieuse du culte de la force... Le mépris de l'émotion, la haine de la faiblesse, la quête de la domination... Les ravages de la force, son basculement presque fatal vers la violence... La déréliction, la corruption de la violence.

(Je lui pose une question.)

La case vide ? Oui, c'est Reynolds qui utilise cette expression depuis longtemps. Sans doute parce qu'il a lui-même plusieurs cases vides. Je ne sais pas ce qu'il entend par là. Le comportement d'Ethan n'est pas toujours compréhensible, bien sûr. Je ne parlerais pas de case vide. Ce sont ses ombres multiples. L'ombre que je crains le plus est la fuite. Vous avez vu tous ces puzzles, ces bateaux qui s'embarquent pour l'inconnu ? C'est son amour de la fuite. Et pourtant, Ethan ne part pas. Il est un homme du départ qui ne s'en va jamais. C'est au fond de lui, c'est une de ses ombres, mais il reste immobile, dans un exil intérieur qui explique ses silences, ses tristesses, ses jeux muets et absurdes dans leur répétition. New York a été une de ses fuites, alors qu'il était à l'université. La mère d'Ethan est morte lorsqu'il était en troisième année. J'ignore quelles étaient les relations entre eux puisque évidemment il ne m'a rien confié, comme d'habitude, mais il me semble qu'il a trouvé pesante la cohabitation après l'accident de son père. Puis l'apaisement est venu avec la distance. À sa mort, il s'est occupé de tout. Il a averti le peu de famille qu'il avait encore, il a organisé la cérémonie d'enterrement, durant laquelle il a prononcé un bref discours, il a vendu les maigres biens maternels – ils ne possédaient pas la maison – et il a jeté le reste. Il n'a rien gardé à l'exception d'une dizaine de photos et d'une bague. Une femme disparaît et tout disparaît avec elle. Ethan est resté huit jours dans la maison vide. C'était sa forme de deuil.

Ensuite, au lieu de retourner à l'université, il est parti à New York. Il avait un match important, il avait promis de revenir pour ce match et il n'est pas revenu, il n'a prévenu personne, il n'a même plus jamais parlé à son entraîneur. Il a disparu. Et cela, c'est Ethan. Beaucoup plus que le héros du lycée, cette image en fer-blanc qui ne correspond à rien – enfin, pas à rien, justement, à un mensonge, celui de l'illusion Ethan Shaw dans cette ville. Se taire et partir, c'est le vrai Ethan, ou encore une fois, une des ombres, la plus vraie à mon sens. Celle qui colle le plus étroitement à son être.

La vente des différents biens avait rapporté près de quinze mille dollars, il avait pu s'acheter la voiture avec laquelle il avait fait le voyage jusqu'à New York. Ethan s'est installé à Brooklyn, à Little Odessa. Il dit que c'est parce que sa mère avait un ancêtre russe. Il a pris une chambre, la moins chère possible. Comme il n'était jamais allé à New York, il a beaucoup marché, beaucoup visité. Il a aimé la ville, qu'il a trouvée « aussi belle que la montagne », disait-il. Ne me demandez pas pourquoi. Pourtant, depuis notre installation à Drysden, il n'y est jamais retourné, malgré mon insistance. Il a fallu que j'y revienne seule. En tout cas, il en a aimé la monstrueuse énergie, la liberté et l'anonymat. Le contraire en tout point de Drysden.

C'est à New York qu'il a abandonné son uniforme de surhomme. Personne ne lui attribuait d'aura particulière, personne n'attendait d'exploits physiques, il n'était plus cette ridicule star locale de Drysden, qu'il avait continué à être, en moins fameuse, à Boulder. Il était juste un gars un peu paumé et très seul. Ce qu'en un sens il avait toujours été, sous les mensonges.

Pendant plusieurs mois, il n'a rien fait. Du moins en comparaison d'une existence rythmée par les cours, les entraînements, les matchs. Il est resté dans sa chambre ou il a marché dans la ville. Il lui est arrivé de fixer le plafond pendant des heures.

Un jour, il est entré dans les locaux d'une petite association de cinéma, à Manhattan, qui proposait des conférences et qui prêtait un peu de matériel, en échange d'une contribution annuelle. Il était passé devant cette maison à plusieurs reprises durant ses promenades. Une vieille dame passionnée de cinéma, une ancienne enseignante, l'a reçu, lui a fait visiter les locaux et lui a prêté quelques films.

(Je me souviens à ce moment qu'Ethan aimait assez le cinéma

autrefois. « Assez », parce que je me demande ce qu'il aimait vraiment.)

Ethan a acheté une télé et un lecteur. C'étaient de vieux films de Capra qu'il n'avait jamais vus. Maintenant, il les connaît par cœur. *La vie est belle* et un autre, j'ai oublié le titre. Ils doivent encore être rangés dans un tiroir de la maison. Par la suite, Ethan a regardé tous les films stockés sur les rayonnages de l'association, pendant des jours et des semaines, ce qui, pour lui qui ne jurait que par *Star Wars*, n'était pas une petite découverte. C'étaient des films américains, anglais, français, italiens, japonais, coréens, allemands… Il a tout vu, un film après l'autre, qu'il aime ou non.

Il est allé à toutes les conférences de l'association. Il a écouté des professeurs de cinéma, des producteurs, des réalisateurs, des acteurs, des scénaristes. À sa façon méthodique, à la fois organisée, exhaustive et un peu vaine. Les conférences ne l'intéressaient pas forcément mais il était là parce que son emploi du temps, désormais, était ainsi réglé. Il arrivait cinq minutes à l'avance, s'asseyait toujours à la même place, au deuxième rang, écoutait la conférence, ne posait jamais de question, repartait sans adresser la parole à personne. Il était si souvent présent qu'il a proposé de filmer les conférences, ce qui n'était pas toujours facile avec le matériel sommaire de l'association, surtout pour le son, disait-il, mais il a tout enregistré et il a créé un site pour présenter l'ensemble. Il était habile, bien qu'il ne connaisse rien aux ordinateurs, il s'est formé tout seul, en autodidacte, sur Internet et avec des livres.

(Question.)

Oui. Je suppose. Il suffit de chercher un peu sur le Net. L'association s'appelle ou s'appelait, parce que je ne sais pas si elle existe encore, *Cinemission*. Ou *Cinemotion*. Quelque chose comme ça. Il m'a souvent parlé d'un cours d'écriture. Le conférencier est venu plusieurs fois et a expliqué comment il fallait écrire un scénario, en trois actes, avec des rebondissements minutés, un *climax* à la fin, toute une mécanique d'horlogerie qu'Ethan avait trouvée bizarre. Il n'avait rien à y redire, l'homme était à l'évidence un professionnel, il devait savoir ce qu'il faisait, d'autant qu'il avait l'air très sûr de lui, qu'il citait des films qui n'étaient pas toujours dans les rayonnages de l'association mais qui avaient été de gros succès. Il avait même donné une liste de thèmes qui « marchaient bien ». Plusieurs spectateurs avaient protesté, en citant des films européens ou japonais que le conférencier faisait semblant de ne pas connaître et qui ne correspondaient pas à son schéma. Il répondait avec *Apocalypse Now, The Godfather, Pulp Fiction* ou *Mr. Smith Goes to Washington* en affirmant que, contrairement à ce que croyaient les gens, y compris certains professionnels, l'histoire de l'art n'était pas l'histoire de l'originalité mais celle de la convention. Rien n'était plus essentiel ni plus riche d'innovation que la convention, et cela était vrai autant pour la statuaire grecque que pour la Renaissance italienne, le roman français du xixe siècle, ou le cinéma hollywoodien. Et il prophétisa que bientôt des séries révolutionneraient le cinéma par la convention et qu'un croisement entre Dumas et Shakespeare allait dominer le monde des images.

(Question.)

Allez sur le site, j'ai vu cette première intervention, elle doit encore s'y trouver. L'homme devait avoir quarante ans à l'époque, je ne sais pas ce qu'il est devenu. C'était sans doute un professeur, quelque chose comme ça. En tout cas, Ethan a été passionné par cette conférence et celles qui ont suivi, il a même noté les points les plus importants sur une feuille puis il a cherché à écrire un scénario suivant les recettes indiquées. Il dit que le résultat a été catastrophique. Je ne sais pas trop. Il n'en reste que le plan. Cela, il l'a gardé.

(Silence.)

C'est bizarre, vous savez... Enfin, bizarre, j'utilise souvent ce terme-là, je ne sais pas si c'est le bon... l'aile du bizarre... enfin... Ce que je veux dire, c'est qu'Ethan parfois garde tout et parfois se débarrasse de tout... Je ne comprends jamais... Il a vendu ou jeté les reliques de son enfance et de son adolescence, il a abandonné toutes ses affaires de New York, et pourtant il conserve ce plan de scénario, ainsi qu'un dossier avec des tickets de métro, des cartes de Manhattan, des dépliants de musée. Il a aussi gardé un journal de son année à Little Odessa. C'est le journal le plus vide, le plus silencieux qui puisse s'imaginer. L'adjectif *intime* serait bien entendu ridicule s'agissant d'un être comme Ethan, mais c'est plus que cela : je vous assure que ce journal fait entendre le silence. Comme s'il n'y avait rien. Comme si ce n'était pas un homme qui écrivait mais une machine anonyme, impersonnelle, un engendrement hasardeux de lettres et de combinaisons de mots. C'est désespérant, en particulier pour moi. J'ai l'impression qu'il est impossible de comprendre Ethan, que j'ai épousé un fantôme – ou

140

un homme qui fait semblant. Comme s'il n'existait pas et qu'il se donnait toutes les peines du monde pour se créer une enveloppe.

(Silence.)

J'ai eu un ami autrefois. Il a fait des crises de folie. On l'a mis sous lithium. Ensuite, c'était un fantôme. Lorsqu'il s'est remis à parler, *il ne parlait pas, il faisait semblant.* Il énonçait des mots comme on rassemble un puzzle, posément, laborieusement, en plaçant la pièce attendue. Il ne parlait plus que par clichés. Quelque chose parlait à travers lui, une sorte de structure sociale langagière, un répertoire de banalités polies. Il n'avait plus jamais d'opinion personnelle, d'expression personnelle, il n'y avait plus jamais de *je.* Il n'y avait plus qu'une immense platitude, une banalité presque monstrueuse de politesse, de clichés. Ethan est un peu comme lui, la politesse en moins. Il fait semblant d'écrire, il fait semblant de parler. C'est un iceberg : l'essentiel reste sous l'eau.

(Silence.)

Je le crois innocent. Mais que sait-on d'un iceberg ? Qu'est-ce qui affleure sous les silences ?

Il s'est battu à Little Odessa. En tout cas, c'est ce qu'il m'a raconté. Lorsque les quinze mille dollars ont été épuisés, il a vécu dans les rues quelques jours. Une espèce de vagabond, un juif russe qu'il croisait souvent, lui a proposé de le rejoindre dans une cabane près de Brighton Beach. Un soir, ils se sont disputés, ils devaient avoir bu : l'homme l'a poursuivi avec un couteau, lui s'est défendu avec une poêle, parant les coups, hurlant et donnant des coups de pied. Il riait en me racontant ça.

(Elle m'écoute.)

141

Qui vous a dit cela ? C'est impossible. Il ne va jamais à la chasse avec Reynolds. Et surtout pas avec Muller. Ils ne se supportent pas. Muller dirige une espèce de milice locale, il est dangereux et stupide, Ethan ne passerait pas une minute avec lui. Je ne sais pas pourquoi Reynolds vous a raconté cela mais c'est totalement faux. Peut-être se sont-ils battus, même si je ne suis pas au courant, mais en tout cas ce n'est pas à la chasse.

(Elle boit une gorgée de vin.)

Pardonnez-moi, je reprends.

Lorsque j'ai rencontré Ethan, il avait quitté la cabane du Russe. Il était en colocation dans Brooklyn, avec un autre homme, plus âgé que lui. Il ne m'en a jamais parlé, je crois qu'ils n'habitaient pas ensemble depuis longtemps. Il avait trouvé cette solution. Il disait qu'il voyait beaucoup de films dans cet appartement, presque autant qu'avec l'association. L'homme possédait une immense médiathèque. Ethan avait retrouvé son rythme immobile. Le jour suivant notre rencontre, il s'installait avec moi. Il a rapporté quelques affaires, presque rien, il était incroyablement démuni, sans que cela lui pèse. Il est venu avec un sac en plastique, deux pantalons, trois tee-shirts et un pull.

(Silence.)

Vous savez, il est beau, Ethan. Vous ne croyez pas que la beauté est un pouvoir ? Vous croyez qu'il aurait pu se permettre cette existence sans le pouvoir de sa beauté ? Le fantôme glorifié. Le vagabond toujours aimé, toujours nourri et logé. Des hommes, des femmes l'arrêtent dans la rue, lui parlent, l'invitent chez lui. C'est ce que j'ai fait. Je l'ai aimé et je l'aime. Il est arrivé chez moi en haillons mais personne ne m'a jamais autant attiré que lui. J'ai eu envie de lui dès que je l'ai vu. Il portait un pull qui soulignait la puissance de son cou, la force de sa nuque. Cette vision me fascinait. Il était à côté de moi, dans ce café, et je rêvais de poser ma main sur sa nuque. J'aurais tout donné pour ça.

(Silence.)

J'ai tout donné. Il ne me fait plus l'amour, j'existe sans doute à peine à ses yeux, et il est accusé de viol et de meurtre. Sa beauté est son pouvoir. Ce mélange de disparition et de beauté. Vous ne pouvez jamais le posséder. Vous ne pouvez jamais étancher votre soif. Vous ne pouvez jamais jouir de lui. J'ai tout donné. J'ai peut-être eu tort, mais ce jour-là, dans le café, je suis tombée en son pouvoir. Je lui appartiens. Pour le meilleur et pour le pire.

(Elle m'écoute.)

Prenez ce que vous voulez. Mais rapportez-moi l'ensemble. Il n'y a rien dans tout cela, juste du silence, mais ce sont ses silences à lui.

(Ses yeux fixent la caméra du téléphone.)

Je ne suis pas la seule à lui appartenir. Et vous lui appartenez depuis bien plus longtemps que moi.

18

De retour dans l'appartement. Je lis et relis les papiers d'Ethan. Les commentaires de Sarah ne m'ont pas donné d'espoir sur son journal et la lecture le confirme. Ce sont des listes. Le simple énoncé d'une enfilade de rues : Bleecker Street, Lafayette Street, Cleveland Place, Kenmare Street, Delancey, Essex Street, Williamsburg Bridge. Ou bien une liste de tableaux du Metropolitan Museum avec les peintres soigneusement notés entre parenthèses : *Épiphanie* (Giotto), *Dernière Communion de saint Jérôme* (Botticelli), *Adoration des bergers* (Mantegna), *Portrait d'un jeune homme* (Bronzino), *Joueur de luth* (le Caravage), *Aristote contemplant le buste d'Homère* (Rembrandt), *Jeune femme à la cruche* (Vermeer), *Majas au balcon* (Goya), *Vue de Tolède* (le Greco), *Diseuse de bonne aventure* (de La Tour), *Bulles de savon* (Chardin).

Une liste de courses. Une liste de films, bien sûr. Plusieurs, au fil des pages. Une liste d'acteurs, une liste d'actrices. Une liste de cafés. Une liste d'instruments de musique. Une liste de chiffres, probablement un registre de comptes. Une exhaustivité aride, en effet silencieuse, et inquiétante. Le sens de ces notations m'échappe. Il me semble comprendre qu'Ethan enregistre. Je suppose que par ces paradoxes qui s'organisent souterrainement chez les êtres, un homme qui disparaît est aussi un homme qui s'efforce de retenir les éléments mêmes de sa disparition. Pérenniser dans la liste les bulles de savon de Chardin. Bulles des promenades, des loisirs, de la nourriture, de l'argent.

J'aurais aimé, comme Sarah, trouver un sens, une émotion et surtout un être dans ce journal. J'aurais voulu un *je*, j'aurais voulu Ethan. Mais c'est la part la plus désespérante de son être – le silence, l'indifférence, la disparition – qui surgit alors qu'il est bien autre chose, me semble-t-il. Seule son écriture me touche : de grandes lettres rondes, naïves, maladroites, le contraire même de l'austère silence des listes. Et les encres diverses, toujours bleues – bleu clair, bleu foncé, bleu nuit, bleu marine. Une apparence un peu enfantine pour des listes de disparition.

Puis je suis passé au scénario, qui applique avec sérieux et pesanteur les conseils du conférencier. Le titre : *L'homme invisible*, en haut de page, avec le nom Ethan Shaw écrit en majuscules. Je lis ensuite, en une phrase, le résumé du scénario : le *pitch*. « Un homme reçoit le don d'invisibilité pour réaliser ses désirs jusqu'à ce que l'invisible soit vécu comme une damnation qui lui interdit la vie. »

L'apprenti scénariste, sérieux et scolaire, a tenté d'appliquer les conseils du conférencier : je retrouve des titres de partie qui ressemblent aux enseignements des manuels d'écriture, tous présentant les *secrets de la réussite*. Autant Umberto Eco, en étudiant la combinatoire narrative des James Bond, ou Propp, en disséquant les cent contes merveilleux d'Afanassiev, ont réussi à trouver des invariants assez savoureux dans des domaines précis, autant les manuels ont une remarquable capacité de cliché, puisqu'ils cherchent à établir des règles a priori du récit. *Un personnage en état de manque initial (1)* se voit proposer une *tâche (2)* qui le conduit à *affronter un adversaire (3)*, affrontement nécessitant *une stratégie (4)* et ayant pour conséquence un *combat final (5)*, physique ou spirituel, avec le bienfait d'une *révélation (6)* venant répondre au manque initial. Dans l'ensemble, ce plan correspond aussi bien au *Godfather* de Coppola qu'à l'affreux nanar de la semaine.

Le scénario d'Ethan présente à partir de ces éléments une structure en trois actes, avec une exposition, un événement perturbateur et un tournant, pour le premier acte, un acte deux en sachant qu'entre la quarante-cinquième et la cinquantième minute (je vois les minutes soulignées dans la marge) tout va se jouer pour lui, parce que c'est le moment, dûment repéré par de multiples enquêtes, où le public change de chaîne ou s'endort. Des mots-clefs étoilent la page : DILEMME MORAL, REBONDISSEMENT, ÉMOTION, RÉPONSE DU HÉROS AU DILEMME, PROGRESSION, VOYAGE, SUSPENSE, TWIST. Des tirets minutieux indiquent la progression de la narration, les renversements. Le troisième acte claironne les résolutions.

L'ensemble est laborieux et je n'y comprends pas grand-chose. Ethan ne devait pas être convaincu puisqu'il n'a pas poursuivi. L'exercice est là, touchant et un peu ridicule. Seul le *pitch* me retient. Il y a dans ce désir de ne pas être vu, pour Ethan qui l'était trop, l'énoncé de sa disparition et de ses limites. Au fond, je suis même surpris qu'il ait cherché à écrire un scénario, exercice peu propre à sa nature. Je suppose que la conférence lui a fait entrevoir une formule magique de la narration et qu'il a tenté de se servir de sa baguette.

J'ai lu autrefois une déclaration du président Obama affirmant qu'après des mois d'errances dans sa communication il avait compris que le peuple américain attendait de lui un « grand récit ». Les civilisations sont fondées sur des récits identitaires dont l'*Iliade* pourrait être le symbole. Et, comme les autres pays, l'Amérique est une fiction narrative, une sorte d'identité rêvée, le vrai mélangé au faux. Avec cette particularité peut-être que notre récit fondateur est cinématographique et que notre Homère s'appelle Hollywood. Le fait que notre président Clifford soit un acteur n'en est que le triste emblème. Tout doit être récit désormais : le monde est devenu un récit. Il l'a toujours été, mais la pratique s'est mécanisée, des hommes sont payés pour l'enserrer dans les filets narratifs, des objets et des êtres sont vendus sous la forme d'une combinatoire narrative. Les ventes de voitures sont des récits.

À juste titre sans doute puisque la vie est un récit, l'Histoire est un récit.

Quel est l'événement historique ? La prise de la Bastille en 1789, « cet assaut contre quelques invalides et un timide gouverneur », comme l'écrit Chateaubriand, puisqu'il n'y avait plus que sept prisonniers dans la forteresse royale, aucun d'entre eux n'ayant la moindre dimension politique – c'étaient des faux-monnayeurs, deux fous et un noble enfermé à la demande de son père –, ou le récit épique qui en est fait par la foule, par les révolutionnaires, par les historiens romantiques comme Michelet, par les observateurs étrangers, l'Anglais Charles James Fox, homme politique et grand orateur, déclarant qu'il s'agit du « plus grand événement qui soit jamais arrivé au monde » ?

Quel est l'événement historique ? L'incendie du Reichstag dans la nuit du 27 au 28 février 1933 par Marinus van der Lubbe, syndicaliste néerlandais qui avait voulu un jour plus tôt mettre le feu à la maison des chômeurs, ou le récit nazi qui proclama la responsabilité du parti communiste dans son ensemble, avec pour conséquence immédiate la suspension par Hitler des libertés individuelles et la chasse aux communistes ?

Ceux qui cherchent la formule magique de la narration, par bonheur en vain, cherchent en réalité la formule de la persuasion : comment fasciner un auditoire par le récit ?

L'homme qui a voulu enseigner à Ethan la formule ne peut être qu'un manipulateur. Et par ailleurs, celui ou ceux qui sont en train de scénariser le meurtre de Clara et la fuite d'Ethan ne peuvent avoir pour but que la fascination, au sens propre, du peuple américain.

19

Il y a bien longtemps, à une époque qui me semble l'origine du monde, les lycéens de Franklin avaient pris l'habitude de se retrouver sur les berges du lac Minot, près d'une eau opaque et douce, poissonneuse et aveugle, au cœur de laquelle avait été installée une plateforme de bois. C'était le lieu essentiel, celui de toutes les fraternités, les séductions et les solitudes. Là, on s'aimait, se tolérait, se méprisait. J'y suis allé plusieurs fois. Comme on s'en doute, je faisais partie des méprisés. Ma réputation, la blancheur de mon corps malingre m'éloignaient des robustes adolescents qui nageaient en s'éclaboussant bruyamment et qui faisaient la course jusqu'à la plateforme. Allongé sur l'herbe du lac, je puisais dans ces visions un mélange de plaisir et de souffrance. J'aimais regarder ces corps, pour le pur plaisir de la contemplation des mouvements, des agitations, des cris. Et le fait de ne pouvoir me joindre à eux, alors même que je ne le désirais pas, que je préférais les observer, me faisait souffrir.

Beaucoup y allaient tous les week-ends, ce que j'aurais fait si j'avais eu des amis. Il y avait dans cette eau fade au pied d'une falaise l'éclat, la jouissance et le malaise potentiel d'une société en réduction, avec toujours les mêmes participants, témoins, maîtres et esclaves. Le lieu était beau, j'ai oublié de le dire. Les jours ensoleillés, lorsque la forêt n'était pas brûlée par le soleil, tout me paraissait transparent et illuminé. Si j'avais pu, j'y serais allé tous les soirs. Je ne le pouvais pas.

J'y ai vu Reynolds, Richardson et Muller se jeter dans le lac à partir de la plateforme (pourquoi certains font-ils toujours ce qu'on attend d'eux, comme s'ils jouaient rigoureusement leur rôle ?), rivalisant d'outrances pour faire exploser la surface de l'eau avec leurs grosses masses. J'ai vu Megan, Stephanie, Dolores, inséparables, aller et venir le long de la berge en s'échangeant de mystérieux secrets, à voix basse, leurs corps minces d'adolescentes offerts au désir des garçons. J'ai vu Ethan, bien sûr, embrasser de jolies filles et je l'ai même surpris, au crépuscule, en train de s'enfoncer dans la forêt avec le dos bronzé, fin et frémissant d'une adolescente aux cheveux sombres. Les éclats mordorés du lac et du désir.

J'ai sans doute désiré moi aussi. J'ai désiré cacher mes pieds longs, maigres et contrefaits. J'ai désiré un corps moins blanc. J'ai désiré la paix du soir. J'ai désiré rire. J'ai admiré des tailles d'adolescentes, j'ai admiré des bustes musclés de jeunes garçons. J'ai désiré l'eau et le soleil, j'ai désiré que ma mère soit heureuse. J'ai désiré être un autre et j'ai désiré être moi. J'ai désiré le désir. J'étais Christopher Mantel et peut-être déjà Adam Vollmann.

Oui, tout cela près du lac.

Plusieurs fois, observant les photos de Clara, je me suis demandé si la pixellisation ne dissimulait pas les berges de ce même lac. J'ai l'impression que si Ethan avait emmené une jeune fille quelque part, ce serait là, sur les rives de sa mémoire et de son adolescence, parce que je ne vois pas d'autre raison pour lui, dans une liaison si dissemblable, que le retour vers les années de sa gloire. Bien entendu, je n'en sais rien. Comme d'habitude, j'erre autour d'Ethan sans parvenir à rassembler les fragments mal ajointés de son être, mon personnage n'ayant rien de commun, ou presque, avec celui qu'évoque Reynolds ni avec l'ombre dessinée par Sarah, de même que le monstre élaboré par l'opinion est un golem sans doute créé de toutes pièces.

Hier midi, au bar, j'ai rencontré le serveur. Il a souri en me voyant. Nous avons discuté. Je lui ai avoué que j'étais journaliste. Cela a paru l'intéresser. Il était surpris, il pensait que j'étais universitaire. Je lui ai dit que j'avais abandonné. À un moment, je l'ai regardé un peu longuement : j'aime bien son visage mince, avec des yeux noirs très mobiles, et des cheveux dont il rebrousse une mèche d'un geste vif, des cheveux très noirs aussi, brillants d'obscurité. Cela fait ressortir la blancheur de ses dents. Il y a tant de jeunesse en lui, cette clarté des formes naissantes. Je lui ai demandé s'il connaissait le lac Minot. Il m'a fait répéter le nom puis a secoué la tête. Il n'est décidément pas de Drysden. Je lui ai dit qu'il fallait absolument s'y rendre et je lui ai proposé de lui montrer. Ses yeux mobiles se sont arrêtés sur moi un peu trop longtemps puis il a accepté.

J'ai tourné la tête. Un homme avec un chapeau m'observait. Le serveur a repris son service. J'ai fini ma salade puis, comme le serveur débarrassait, je lui ai fixé un rendez-vous pour le lendemain, à dix-huit heures, au lac. Il s'appelle Paul.

Je me trouve devant le lac. En avance. Les couleurs sont moins vives, l'eau plus opaque et plus basse, sans doute à cause de la sécheresse, mais l'endroit est à la hauteur de mes souvenirs. Je commence à me rendre compte que cette adolescence à Drysden n'est pas seulement l'époque la plus cruciale de ma vie, c'est également celle que je dois *racheter* en permanence. Racheter, rappeler, ravauder, de fragilités en faiblesses, d'audaces en compensations : Adam Vollmann est Christopher Mantel réécrit et recomposé. Le lac n'est qu'un des chapitres de cette réécriture permanente de mon adolescence.

Je me suis déshabillé. Mon maillot de bain est d'une couleur émeraude de lagon, mon corps est bronzé et musclé, avec les muscles typiques, comme gonflés, de la salle de gym. Je suis Adam Vollmann. Je suis *l'autre*. Celui qui fait disparaître le corps timide, maigre et blanc. Celui qui efface. Ce qui peut aussi sembler triste, ridicule – et insensé. Comment un adulte peut-il se battre avec tant d'obstination contre ce qu'il a été ou contre ce que les autres ont pensé de lui ?

Je suis seul. Un oiseau se pose sur le sol à quelques mètres de moi, sans doute à la recherche de miettes. De la taille d'un moineau, il est de couleur bleue, d'un bleu très vif sur les ailes et la tête, puis plus pâle à mesure qu'on descend vers les pattes. Son œil est une perle noire. Non, oublions la métaphore : son œil est noir.

En face de lui, j'éprouve le même sentiment d'une existence pleine que face à la pomme. L'oiseau, lui aussi, *est.* Il n'est pas englué dans le passé ou l'avenir, dans les significations, dans les annonces et les fonctions. Ses sautillements sont si vifs qu'ils semblent à peine des frémissements du corps. Le bec pique l'herbe pour dénicher de la nourriture.

Je n'ai pas le temps de le considérer davantage, puisqu'il s'envole à tire-d'aile et, au moment même où la crainte le fait fuir, la même peur s'empare de moi devant les trois hommes au pas lourd qui s'approchent. La peur est ma compagne, mais qui ne l'éprouverait devant des êtres masqués comme pour une cérémonie archaïque, masques de carton ornés de dessins criards, avec d'énormes sourires blancs et des yeux globuleux ?

Je m'enfuis en ramassant le jean qui recèle les précieuses clefs de voiture et je cours aussi vite que possible. J'ai la légèreté de la nudité mais aussi sa fragilité, je me sens comme verre et cristal, mes pieds meurtris par les pierres du chemin. Ma main happe les clefs dans la poche du jean, les phares de la voiture s'illuminent à l'ouverture, j'ai assez d'avance pour ouvrir la porte et me jeter à l'intérieur – pas assez pour échapper aux mains qui me cherchent. Je me débats, je réussis à insérer la clef dans le contact, à ce moment ils me font glisser à moitié à l'extérieur, me frappent à coups de pied, je hurle et d'un coup de reins réintègre le siège, je fais tourner la clef, j'arrive je ne sais comment à appuyer sur l'accélérateur, avec la main je pense, la voiture a un sursaut qui me permet de me dégager, je presse à fond l'accélérateur, avec le pied cette fois, et je m'enfuis à tire-d'aile devant les trois masques.

153

La peur, la joie, le frisson. La peur, la joie, le frisson. J'ai échappé aux masques, j'ai battu les masques. Un peu de sang coule, quelques égratignures, des douleurs mais surtout la joie hurlante de m'en être tiré, même si, à mesure que je roule, une sorte de détresse me saisit – bizarre contrecoup, extinction de toute joie, de toute vitalité, mes jambes se mettent à trembler.

Reynolds, Muller, Richardson, comme autrefois, lorsqu'ils avaient hurlé autour de moi, bras ouverts comme des ailes de chauves-souris ? M'ont-ils reconnu ? C'est possible – je suis après tout le même –, et pourtant peu vraisemblable... Sauf si Sarah l'a révélé. Mais Reynolds, même avec un masque, est reconnaissable à son poids, à sa lourdeur de porc, alors que les trois ont couru après moi comme des chiens rapides. Muller, Richardson, peut-être... mais pourquoi ?

Je pense à l'homme au chapeau. Je pense au serveur Paul, ce qui est plus douloureux. Me haïssent-ils pour mes *goûts* ? Ou bien s'agit-il de mon enquête sur Ethan et Clara ? Le sentiment est plus gratifiant : *Un journaliste frappé et intimidé parce qu'il touche la brûlante vérité.* Voilà qui est tellement plus... Watergate.

J'enfile mon pantalon. Torse et pieds nus, tâchant d'échapper aux regards, je sors de la voiture, rentre à la maison. Je tourne la clef, vérifie les alentours par la fenêtre. Mes jambes tremblent encore. J'éprouve avec une profondeur infinie l'écœurement et la faiblesse de mon être. Je hais cet endroit : il y a toujours un moment, dans cette ville, où la violence l'emporte. C'est toujours le moyen que choisit le clan de la force – cette culture de la force dont parlait Sarah – pour épouvanter et séduire. Fasciner les uns, terrifier les autres. Comme ils le faisaient autrefois. Les Grecs appellent cela le *kudos*, la gloire octroyée par un triomphe militaire. La violence s'impose et le vainqueur reçoit le talisman de suprématie, il est paré de l'aura de la violence et du triomphe. Ce *kudos*, je ne peux le posséder : je le refuserais même s'il me suffisait d'abattre un bâton sur la terre. Cette fièvre me répugne.

Ethan a possédé autrefois le *kudos*, après ses victoires sportives, comme Achille après ses massacres. Moi-même, j'ai ressenti violemment, *érotiquement*, la puissance dont il était investi, et c'est ce *kudos* que ressentent encore les gens quand ils parlent de lui. Ils ont été soumis dans leur jeunesse à la gloire de la force. Cela ne me dégoûtait pas, c'était cette transposition de la guerre et de la violence qu'est le sport. Mais la violence pure du massacre... la violence d'un trio qui s'acharne sur le petit, le faible, le *désigné*. Reynolds, Muller, Richardson autrefois, et maintenant ces trois hommes, qui sont peut-être les mêmes.

Ils veulent me faire partir.

Je me redresse devant la glace. J'observe mon corps. Les marques s'élargissent, s'assombrissent. J'ai peur et je ne partirai pas.

Je réécris plusieurs fois cette dernière phrase. Je sais que je suis dans le récit héroïque, que je commence à jouer le rôle de l'indomptable journaliste. Mais il y a de plus mauvais rôles.

C'est près du lac Minot, dans la forêt, qu'a été trouvée le lendemain une chaussure de Clara Montes. Il s'agit d'une basket de toile rouge. Trente-sept de pointure. Elle n'a pas été retrouvée lors des grandes battues qui ont parcouru la région, mais par deux adolescentes qui étaient allées se baigner au lac et s'étaient par la suite promenées dans la forêt. On peut se demander comment elle n'est pas apparue plus tôt : elle n'était pas dissimulée aux regards, elle n'avait pas roulé sous un buisson, elle était juste au pied d'un arbre.

La chaussure n'a pas été découverte à l'endroit où le corps a été abandonné. Tout le secteur est minutieusement exploré. Il l'a déjà été, il l'est de nouveau. La police épie chaque mouvement de terre, s'efforce de repérer tout signe, tout éboulement, toute trace. Elle déchiffre. Ou plutôt elle tente, puisque c'est en vain. Ce qui ne me surprend pas.

Sur mon écran d'ordinateur, le visage déformé de Susan crie et pleure. Le gros plan happe son visage, l'écrase et l'élargit. Son nez épaté, sa peau boutonneuse, rougie par les larmes, l'enlaidissent encore. Le visage pleure et crie, la bouche s'ouvre et se ferme.

En parallèle, je cherche le mot « détail narratif ». Je tombe sur des dizaines de cours d'écriture narrative qui me font penser à la tentative de scénario d'Ethan. Je tape « *creative writing* » : il y a 1 milliard 40 millions de résultats. Je tape « *story* » : 3 milliards 80 millions. À titre de comparaison, il y en a 943 millions pour « Jésus ».

Je reviens aux sites sur le détail narratif (114 millions de résultats). Tous affirment qu'il faut des détails précis, classés du plus grand au plus petit nombre (« quatre-vingts Caucasiens, trente Asiatiques, huit Noirs »), et je me demande comment on arrive encore à écrire des livres originaux dans ce pays (sauf si la seule vraie originalité vient de la convention, comme le disait Sarah). Un site précise justement que toutes les conventions narratives doivent être utilisées : intrigue, personnage, décor, *climax* et dénouement. Et que les détails doivent être soigneusement choisis pour soutenir ou embellir l'histoire.

Je change de langue : passant sur des sites allemands, je trouve des études universitaires sur la chanson de geste ou Walter Benjamin que j'abandonne aussitôt. Sur les sites français, des cours pour le bac me proposent des analyses basiques de narration. En dix minutes, la différence des approches entre les trois cultures est évidente. Les Américains proposent de faire, les Français de commenter, les Allemands de philosopher. On dirait une caricature.

Je finis par tomber en français sur un résumé d'article de Roland Barthes (tout savoir est désormais un résumé). Je lis que Barthes a « théorisé le parcellaire »,

157

expression dont la préciosité m'amuse, en s'interrogeant sur un détail insignifiant du récit de Flaubert *Un cœur simple* : « un vieux piano supportait, *sous un baromètre,* un tas pyramidal de boîtes et de cartons ». Quelle est la fonction de ce baromètre ? Pourquoi le nommer ? Le piano peut signifier à la rigueur, explique Barthes (explique le résumé qui explique Barthes), la bourgeoisie de sa propriétaire, Mme Aubain, les cartons peuvent avoir pour connotation la déshérence de la maison, mais à quoi bon ce baromètre qui n'a rien de notable, qui est justement une « notation insignifiante » ? C'est que ce baromètre, comme d'autres notations de ce type, n'a pas d'autre fonction que de dire : « Nous sommes le réel. » C'est un *effet de réel* qui affirme la réalité de l'illusion créée.

La basket de Clara Montes est un effet de réel. En soi, l'événement est insignifiant, mais il faut déchaîner les passions de la représentation, relancer toujours et encore la fièvre de l'émotion. Le détail a été soigneusement choisi, comme le conseillait le site américain : le corps de Clara Montes désormais enterré, la présence de sa chaussure en est la métonymie et cela à travers le pied, *la pantoufle de vair* des contes.

Tout cela est terrifiant, beaucoup plus terrifiant que la culpabilité d'un pervers. J'ai la conviction que cette pauvre fille est la victime, jusque dans sa mémoire, jusque dans sa représentation, d'un meurtre répété, exploité, démultiplié. Tout le pays s'enfonce dans ce meurtre, de détails en cris, de récits en pleurs, de dénonciations en chasse à l'homme.

Il y a soudain, dans la juxtaposition de ces mécaniques narratives et la pantomime hurlante de Mme Montes une obscénité qui me dégoûte. À croire que je suis dans cette ville pour expérimenter la nausée.

Je plonge de nouveau dans la mer des images, en quête de ma vérité perdue, en quête de cette notion absurde dans l'univers des reflets, des chatoiements et des scintillements. La vérité est un reflet perdu. Je me demande même s'il faut s'y accrocher. Un réflexe désuet me pousse à éventer la farce tragique, à démonter l'histoire échafaudée autour de ce meurtre, mais en quoi ma recherche n'est-elle pas aussi la jouissance d'un voyeur ? La pulsion de l'homme noyé dans les images de Clara et d'Ethan. Les errements du passé, les errements de celui qui appartient à Ethan. Corps et biens, comme on se noie. Je cours après l'ombre. Tous courent après l'ombre. Est-il encore en vie ?

J'ai tapé à la porte des Montes. Je sais qu'ils n'ouvrent à aucun journaliste : Susan Montes choisit ses apparitions. Dans un camion, les envoyés spéciaux m'observent avec un sourire narquois.

Susan m'ouvre la porte. Elle contemple mon visage marqué par les coups et fait la moue.

— Comment va le présentateur météo ? dit-elle.

— Je croyais que vous n'ouvriez pas aux journalistes ?

— Vous n'êtes pas journaliste. Vous êtes présentateur météo. On a toujours besoin de la météo.

— Il va faire beau et chaud.

— Non, vraiment ?

La télévision est allumée et elle est neuve. On y voit le chagrin de Susan Montes, en montage rapide. Il y a une scansion de la douleur. J'observe de nouveau cette bouche qui s'ouvre et se ferme. Susan, à côté de moi, regarde aussi l'écran, d'un air inexpressif.

— C'est triste, dis-je.

— Quoi ?

— Cette chaussure.

Elle se dirige vers la cuisine, fait couler un verre d'eau, revient. Je sors une bouteille de bière de mon sac. Elle hoche la tête, boit son verre puis tend la main pour prendre la bière.

— J'espère qu'on le trouvera, dis-je.

— Qui ?

— Ethan Shaw.

— Vous parlez trop.

Elle se met à boire en regardant attentivement la télé. C'est la première fois que je vois un être et son image en même temps. Susan n'est pas son reflet : elle est pesante, massive, ténébreuse. Le reflet s'agite comme un pantin, sautille et semble exhiber une signification – le chagrin –, alors que l'épaisse Susan est murée dans la matérialité de sa chair et de ses silences, opaque. Sa tristesse ne me semble pas fausse, ce n'est pas cela. Simplement, elle est jouée et exhibée sur l'écran alors qu'elle est comme une masse sombre, éteinte, devant moi.

Je me tais. Nous regardons ensemble la télé, vieux couple difforme, passons de nouvelles en nouvelles. Sur l'écran se succèdent d'autres couples, des journalistes aux duos rompus, des couples de publicité, des couples de télé-réalité. Cela ne dure pas longtemps, la télé court comme un lapin mécanique, juxtapose situations, émotions, parcellise et découd pour que tout aille vite.

Susan a fini sa bière. Elle me jette un regard et je sors une autre bouteille de mon sac.

— Clara aurait vraiment voulu être cosmonaute ?

— Oui.

— Comment était-elle dans son enfance ?

— Petite.

Nous continuons à regarder la télé. La météo annonce qu'il va faire beau et chaud.

— Vous êtes un très bon présentateur météo. Avec vous, j'ai même pas besoin de la télé.

Je suis parti. Je n'ai rien appris.

De retour dans mon appartement, j'ai cherché toutes les écoles privées situées à moins de deux heures de transport du pavillon des Montes. J'étudie leur présentation une à une, à la recherche d'un indice. Elles ont toutes une évaluation NICHE A ou A +, leurs sites rivalisent d'ingéniosité et racontent des histoires merveilleuses d'engagement au service des élèves. Les enfants sourient en gros plan, ils remportent des compétitions de golf, de soccer, de poésie, de science, ils sont tous blancs, merveilleux et doués. Les commentaires des parents parlent d'une atmosphère sereine, de nids douillets, de soutien permanent, d'enseignants brillants.

Un des sites présente sur sa première page l'interview Skype d'un des *alumni*, la cosmonaute Serena Aguilar. Et il me semble que j'ai trouvé le lycée de Clara la cosmonaute. Je contemple quelques minutes les élèves rassemblés dans une grande salle, plusieurs orateurs se succédant au micro pour poser des questions auxquelles le docteur Aguilar, en apesanteur dans la station spatiale, les cheveux flottant en l'air, un micro à la main, répond avec entrain.

Je recherche le visage de Clara dans l'assemblée. Elle devait en faire partie puisque l'interview date de l'année dernière, mais une part du public reste dans l'ombre. Seuls les premiers rangs sont visibles, et encore. La définition est médiocre. J'imagine la jeune fille assistant en direct à l'entretien, voyant devant elle, suspendue, glorieuse et accessible, une femme du même lycée, une quinzaine d'années plus tard, hispanique comme elle, et je l'imagine encore rentrant à la maison et annonçant à sa mère qu'elle veut devenir cosmonaute.

Sur Skype, le docteur Aguilar se retourne, les pieds au plafond, dans un mouvement lent, un sourire aux lèvres.

Le prix d'une année au lycée Tara est de 27 100 dollars – ne pas oublier les 100 dollars –, la somme s'élève à 57 300 dollars avec l'internat, soit un prix inaccessible aux Montes. Clara a-t-elle bénéficié d'une bourse ?

Une vue extérieure de l'établissement nous fait découvrir un bâtiment victorien splendide, en briques roses avec des toits de tuiles, perdu dans la verdure. Une élève en sweat rouge au nom du lycée est assise sur un banc, le regard dirigé vers son école. Il y a entre ce bâtiment et le lycée de Drysden que j'ai connu l'abîme de deux mondes : 57 300 dollars par an. À Tara, je suppose qu'on peut s'imaginer cosmonaute, président des États-Unis, fondateur de multinationale, artiste universel. Il y a place pour la démesure.

Le trajet jusqu'au lycée Tara est d'environ une heure. C'est la route du sud, qui serpente à travers la plaine et, même si celle-ci n'est pas aussi désolée que le pied des montagnes, elle n'en est pas moins asséchée et grise. Les cultures n'ont plus l'opulence d'autrefois, les épis gonflés et brillants d'or se sont évanouis dans le passé.

Je roule dans le silence, pensant à Clara la cosmonaute et à la puissance d'espoir que renferme toute adolescence. J'ai le sentiment que l'enfance se vit pleinement, qu'elle est un continent à elle seule, détaché de l'existence, alors que l'adolescence est déjà une préparation à l'avenir, une presqu'île rattachée par le lien brumeux des possibles à l'âge adulte. Clara s'est rêvée cosmonaute, elle aura été tuée à seize ans, cinq mois après la conférence. Elle aurait pu le devenir, malgré les difficultés inhérentes à ce type de projet, et c'est dans ce conditionnel passé que se joue sa vie. Je trouve bizarre ce fait de langue qui la définit, cet « aurait pu » anodin qui circonscrit une tragédie, celle des possibles avortés, des destins manqués, des morts précoces, toute une vie logée dans une forme grammaticale au sens abominable : l'irréel du passé. La belle Clara, l'adolescente qui sourit à l'objectif devant le lac, est devenue un *irréel du passé*, le symbole morphologique de la disparition.

Je me gare devant un lycée qui ne ressemble en rien à un lycée – un hôtel luxueux, une demeure de lord anglais, un petit château, tout ce qu'on voudra sauf un lycée. Mes chances de trouver des traces de Clara reposent sur l'interview d'une cosmonaute : faible indice. Certain qu'on ne me dira rien, je n'ai pas appelé la direction. À droite du bâtiment, j'aperçois le banc sur lequel se tenait l'élève en sweat. C'est là que je m'assieds, attendant on ne sait quoi, la sonnerie de la fin des cours, les fantômes de Clara, ou encore ceux de Christopher Mantel. Je me sens fatigué. À quoi bon ces recherches ? À quoi bon Clara et Ethan, dont les destins sont joués ?

Il n'y a plus de possible pour eux – les routes sont barrées : l'une est morte, l'autre en sursis. La tragédie n'est plus le domaine du possible mais celui des résorptions, lorsque la bouche s'ouvre en vain pour demander de l'espoir aux dieux. Ces dieux qui ne sont rien d'autre que ceux de la narration, les trois Moires, Clotho, Lachesis et Atropos, habitant le palais des destins gravés sur le fer ou l'airain.

Trois filles sortent du palais Tara. Elles sont blanches et blondes, toutes vêtues de blanc, et avancent sur la pelouse comme si elles flottaient. On dirait une de ces photos floutées, virginales et un peu niaises qui faisaient florès dans les années soixante-dix. Les élèves sont aussi intemporelles que le bâtiment qui les abrite, et je n'ai pas le sentiment d'être dans le Colorado, mais plutôt dans un collège de Nouvelle-Angleterre.

Je me lève de mon banc, elles se tournent vers moi, alertées par le mouvement et par la présence d'un étranger. Je les rejoins. Les trois filles se ressemblent par une sorte d'homogénéité sociale et vestimentaire. De près, il ne s'agit pas tant d'une photo floutée que d'un film de science-fiction peuplé de mutants à l'apparence idéale. Je leur demande si elles connaissent Clara Montes. Elles sourient, disent « Oui, bien sûr », et cette fois je n'ai pas l'impression d'une invention.

— Nous la connaissons depuis longtemps.
— Elle était élève ici ?
— Oui.
Leurs visages se troublent.
— Voulez-vous que nous l'appelions ?

L'une d'elles lève sa main armée d'un téléphone
– n'est-il pas naturel aux mutants d'être des humains
augmentés ? – et murmure quelques mots. Toutes trois
me considèrent en silence. Je me sens mal à l'aise. Il y
a dans la beauté de ces lieux et de ces êtres la scission
de l'humanité. Toute l'évolution de notre société, ces
dernières années, n'a fait que développer la marginalité
d'une race à part, riche, belle, d'une perfection raréfiée et
pétrifiante. La gentillesse même de ces trois jeunes filles
qui me regardent d'un air doux et un peu surpris contri-
bue à leur étrangeté. Elles n'ont jamais connu la douleur,
la violence ou la bêtise. Elles ont tété le lait des mutants.

La double porte du bâtiment s'ouvre devant une fille
du même âge que les autres, aussi radicalement bien née,
aussi princièrement installée en ce monde, aussi brune
que les autres sont blondes. C'est la seule différence.

— Clara, voilà quelqu'un qui te cherche.

Clara Montes n'est pas Clara Montes.

— Vous voulez être cosmonaute ?

— Oui, dit-elle, surprise.

— Je suis sûr que vous allez réussir.

Je m'en vais tandis qu'elles restent décontenancées,
m'abandonnant la maigre récompense d'une fugitive
supériorité.

Au fond, je ne comprends toujours pas ce qui se passe.
Disons que le film continue. La victime Clara Montes est
un personnage, Ethan Shaw est un personnage, des scénaristes inconnus élaborent une histoire dont la réalité
est de plus en plus fragile – bien que le seul terme de
réalité soit un résidu obsolète dans notre monde.

Tandis que je m'éloigne du lycée Tara – et il me semble

166

que j'abandonne un lieu béni des dieux, alors même que ces êtres paradisiaques sont fondamentalement mes ennemis, si bienveillants qu'ils soient, parce qu'ils participent sans le savoir de l'immense combat qui confronte des milliards de pauvres à quelques millions de super-riches d'une humanité supérieure, combat dont l'issue est désormais évidente –, une image d'orangers en fleur se superpose au paysage desséché, vision édénique d'un temps *intact*. Je ne sais pas pourquoi. Je ne sais plus rien mais je me répète ma litanie : le monde n'existe pas, le monde n'existe pas, le monde n'existe pas...

Orson Welles a toujours été fasciné par le faux. À vingt-trois ans, le 30 octobre 1938, il a fait croire sur CBS aux Américains que les Martiens envahissaient la terre. Le programme musical à la radio, d'abord le *Concerto pour piano n° 1* de Tchaïkovski puis la musique espagnole de Ramón Raquello, laisse place à l'annonce qu'un astéroïde s'est écrasé dans le New Jersey. Le journaliste Carl Philips relate en direct l'atterrissage d'un énorme objet lumineux et l'apparition de « quelque chose qui rampe », de « deux disques lumineux ». Le témoignage du journaliste alterne avec les retours de la musique, la narration de plus en plus précise d'une invasion martienne est entrecoupée de silences, puis d'explosions, puis d'interventions de personnalités, du gouverneur militaire du New Jersey, tous joués par Orson Welles, la voix déformée par les micros puis le mégaphone, jusqu'à ce que le secrétaire d'État à l'Intérieur en appelle au calme : « Mes bien chers concitoyens, je ne vous cacherai pas la gravité de la situation. Ni l'extrême gravité de la menace à laquelle nous sommes confrontés. » À la piste 6, l'artillerie règle son tir. À la fin du reportage ne s'élève plus que le son d'une voix fatiguée et inquiète : « Est-ce que quelqu'un m'entend ? Est-ce que quelqu'un m'entend ? »

On dit que l'émission a provoqué la panique aux États-Unis. J'ai lu par ailleurs que c'était une légende et qu'avec 2 % d'audience il était impossible de parler de panique générale, sauf à confondre les relations de l'exode dans le reportage radio, trois millions de personnes sur les routes, et la vérité du 30 octobre 1938. Mais en matière de vrai et de faux, nul n'est plus à même de favoriser la confusion qu'Orson Welles, qui fut certes réalisateur et producteur mais aussi illusionniste, adepte de Houdini qui l'initia à la magie, et dont le nom se dissémina en O.W. Jeeves ou G.O. Spelvin – Welles qui proclama aussi qu'il était auteur de romans policiers et obtint ses premiers rôles à seize ans en affirmant aux producteurs d'un théâtre de Dublin, grimé et la voix grave, qu'il était une vedette new-yorkaise.

De même que le personnage de Citizen Kane n'est que la somme de ses légendes et des cinq témoignages du film racontant, comme l'écrit Welles, « cinq histoires différentes, chacune très partiale, de telle sorte que la vérité sur Kane ne peut être déduite, comme d'ailleurs toute vérité sur un individu, que par la somme de ce qui a été dit sur lui », le personnage de Welles est composé de ses légendes et tenter de les décomposer pour produire la vérité de son être reviendrait à s'atteler au gigantesque puzzle de l'épouse de Kane, Susan Alexander, égarée dans le labyrinthe du château de Xanadu. La vérité de Welles s'écroule comme les miroirs brisés de la dame de Shanghai, métaphore nucléaire d'une œuvre pensée tout entière comme un reflet, une illusion, et une illusion d'illusion à la mesure de son documentaire *F for Fake*, mettant en scène le réalisateur déguisé en prestidigitateur et présentant le destin du faussaire Elmyr de Hory, qui a reproduit Braque, Modigliani et Picasso. « Ce film parle de tricherie, de fraude, de mensonge », dit Welles élaborant une théorie esthétique de la mystification, et donc du cinéma.

Les miroirs sont brisés, les reflets éclatent dans d'autres reflets et voilà l'œuvre et la vie de Welles, voilà l'œuvre et la vie aussi de son personnage le plus célèbre, Charles Foster Kane, inspirée du magnat de la presse William Randolph Hearst qui crut que la réalité pouvait être créée – il se vantait d'avoir dépensé un million de dollars pour déclencher la guerre hispano-américaine. Hearst fut victime comme tant d'autres de ce que les Grecs appellent l'hubris, la démesure, mais il ne fut que l'annonce d'un monde où la réalité tout entière pourrait être inventée, vernis craquant de l'illusion. On cite souvent les propos attribués à Karl Rove, conseiller de G.W. Bush, s'en prenant au journaliste Ron Suskind en lui reprochant d'appartenir à la « communauté basée sur la réalité », communauté d'observateurs obsolètes : « Ce n'est plus de cette manière que le monde marche réellement. Nous sommes un empire maintenant et, lorsque nous agissons, nous créons notre propre réalité. Et pendant que vous étudiez cette réalité, nous agissons à nouveau et nous créons d'autres réalités nouvelles. Nous sommes les acteurs de l'histoire. »

L'observateur obsolète que je suis est entré dans un

film de Welles. Je progresse au sein d'une galerie de miroirs qui tantôt me représentent, tantôt représentent d'autres figures, d'autres illusions, tout cela en attendant sans doute que les miroirs soient brisés et qu'émergent des débris du chaos le doute, le désarroi et la crainte. Et d'autres que moi ont écrit, produit et tourné le film dans lequel j'erre, phalène haletante, battue contre les parois mobiles de l'image.

22

Adolescent, j'étais terrifié par une vieille femme qui tournait dans mon quartier. Épaisse et courte, des cheveux d'un blanc sale traînant dans le dos, elle poussait en permanence un caddie, le plus souvent vide, en prononçant ces paroles : « Ne mangez pas les animaux, mangez les enfants. » Sa laideur, la hotte maléfique de son caddie et surtout la phrase venimeuse qu'elle emportait avec elle comme une définition de son être la rangeaient parmi les sorcières des légendes et elle n'a pas été pour rien dans la crainte que j'éprouvais de Drysden et de ses labyrinthes. On la trouvait à chaque coin de rue, au moment où on s'y attendait le moins, murmurant son *motto* sans appel : « Ne mangez pas les animaux, mangez les enfants. »

Je n'étais plus un enfant pourtant. Et je n'avais pas peur que la vieille folle me dévore. Mais il y avait dans sa présence le rappel permanent d'un déséquilibre et d'une menace inhérents à la ville, à mon adolescence et à autrui. La sorcière conférait un visage obsessionnel à ma peur des autres.

Marchant dans la rue, je pense à elle. Je ne la rencontrerai plus au tournant, elle a dû mourir depuis longtemps de solitude et de folie, et son caddie a rejoint les décharges, mais sa phrase me poursuit. *Ne mangez pas les enfants.* Ne mangez pas Clara Montes, ne mangez pas Ethan Shaw, ne mangez pas Adam Vollmann. Éloignez les sorcières et les vengeances.

J'entre au Blue Bird. Le serveur est là. Je m'assois à une table. Ma jambe traîne un peu, je suis couvert de bleus. J'attends Paul. Après quelques minutes, il s'approche de la table pour prendre la commande. Il me sourit sans éprouver la moindre gêne, il me dit simplement qu'il n'a pu venir au lac. Il espère que je me suis bien amusé. J'éprouve quant à moi une gêne immense, qui est autant celle de l'amant refusé que du réprouvé notoire, comme si j'avais commis un crime en l'invitant au lac Minot, alors que c'est moi qui ai été agressé. La parole m'est interdite. Il est possible que, dans un vœu inavoué, j'aie eu un jour l'intention de lui raconter l'agression, pour le sonder, pour vérifier qu'il n'était pas le traître, mais à l'instant, alors qu'il me fixe avec son sourire innocent, je suis incapable de prononcer une parole et l'iceberg de la confusion, de la honte, du ressentiment, tous ces sentiments mêlés et infâmes que je ne devrais pas éprouver, gèle les mots en moi. Alors je commande une salade.

Je ferme les yeux. Je me sens fatigué et j'ai mal en plusieurs endroits du corps. Il fait froid. Comme d'habitude, la climatisation est glacée. Rien ni personne ne sera de mon côté.

À la sortie du restaurant, rencontrant l'homme à la caméra, je songe qu'il est l'héritier pacifique de la vieille folle, celui sur lequel on tombe au coin des rues. Son *motto* est l'enregistrement et il parcourt les rues de la ville avec sa caméra comme la vieille autrefois avec son caddie.

— Avez-vous trouvé Clara Montes ? dis-je.

— J'ai trouvé tout ce qui se voit.

— Est-ce qu'on peut voir ce que vous voyez ?

L'homme déloge la caméra de son œil et le malaise vairon me contemple.

— Qu'est-ce que vous voulez dire ?

— Je peux voir vos enregistrements ?

— Si vous voulez.

L'homme à la caméra m'a emmené chez lui, avec une étonnante simplicité, comme s'il suffisait de demander. Jamais personne n'a demandé à voir ses enregistrements, me dit-il. C'est aussi qu'il faudrait des années pour les consulter dans leur intégralité. Voilà cinq ans que Warren (c'est son nom) tourne dans Drysden.

Sa maison est claire, le décor minimal et d'un ordre si parfait – comme un emboîtement de rectangles – que personne ne semble y vivre, comme si elle était apprêtée pour une photographie de magazine. Un énorme écran occupe une salle. Je demande à voir les enregistrements de l'année. Warren s'assoit à côté de moi sur un canapé. Très droit, genoux serrés, il lance les films.

La vie de Drysden défile devant moi, sans coupes, sans montage, dans la nudité brute de l'enregistrement. La simple juxtaposition, d'un ennui délirant, d'images de la ville. Warren est à l'évidence déséquilibré et en même temps sa tentative le range dans cette catégorie d'artistes – ce qu'il ne prétend pas être – monomanes, dévoués à une œuvre qui n'a pas d'autre intérêt que son existence même : une œuvre qui n'a pas besoin du regard et qui s'épuise dans l'énoncé de son projet. Le fait que le sujet en soit Drysden me permet de m'y attacher vaguement, comme un film de vacances de lointains cousins. Des silhouettes passent. Des voitures passent. Et puis – est-ce une conséquence de l'ennui ? – je commence à me rendre compte qu'une sorte de vide métaphysique sourd des images, ce vide que je ressens depuis toujours dans Drysden et qui ruisselle sur l'écran en menace silencieuse, comme si la ville était engloutie dans le puits sans fond des images. Cet enregistrement dépourvu d'émotion, de vie, de personnages finit par dévoiler l'essence de Drysden, son effrayante monotonie, son ressassement et surtout l'immense gueule du temps et du vide qui absorbe tout. Rushes infinis, sans intention, sans œil, sans structure, doublet du réel : Warren aura enregistré jusqu'au temps lui-même.

Je me tourne vers lui : il regarde son œuvre. Je lui demande si je peux accélérer le déroulement. Son visage hébété m'oblige à répéter la question mais il a compris. D'un air dégoûté, il me tend une minuscule télécommande, grosse comme le pouce. J'appuie. Au moment où les images défilent en accéléré, je pense à un conte dans lequel un enfant malade recevait en cadeau, de sa marraine la fée, une grosse boule dont il suffisait de tirer un fil pour accélérer le temps : l'enfant saute sa maladie, puis il saute les cours qui l'ennuient à l'école puis une soirée trop longue puis l'attente des vacances puis les mois qui le séparent de son mariage puis le service militaire, et voilà qu'il enjambe les semaines de travail trop dur, les disettes, les maladies, se retrouvant bientôt, avec la rapidité de l'éclair, acculé contre la barrière de la vieillesse, serrant la boule magique devenue maléfique dans une cachette et n'attendant plus que la mort, qui vient trop vite. Je tire le fil et les rues de Drysden sautent, des funambules à la démarche fractionnée gesticulent le long des images et, comme cela ne va pas encore assez vite, j'alterne les noirs et les images, je fais tomber le temps dans la nuit et brusquement Adam Vollmann apparaît...

Pas le passage que j'attendais, lors de ma première rencontre avec Warren, mais une conversation dans le parc avec Susan Montes. Nous sommes entrés dans sa caméra pendant que Warren rôdait et voilà qu'il nous recrache sur l'écran. Nous sommes là. Sur le miroir de la télé, je perçois d'autres rapports entre nous. Je vois un homme chauve, en costume, le visage bronzé, bavardant gaiement, comme s'il cherchait à la séduire, avec une femme aux cheveux rouges, tassée sur elle-même, la peau sombre et les traits brutaux, l'air d'une maquerelle sans scrupules. Sur l'image, je ne suis pas l'homme que je pense être. Je ne suis pas celui qui revient des années plus tard à Drysden, je ne suis pas celui qui erre dans la ville, je ne suis pas celui qui se terre dans sa chambre, et tout a l'air plus *accroché,* plus solide que ce permanent fantasme de ville disparaissante. Le parc est solide, le banc est solide, l'homme sur l'image est plus *vivant* que je ne l'aurais pensé. Est-ce l'image qui ment ou est-ce ma représentation ?

Quoi qu'il en soit, j'ai un trésor dans la main. Warren n'est pas seulement celui qu'on rencontre, il est aussi le fantôme inaperçu qui absorbe les actions de Drysden, si bien que je commence à croire qu'il a peut-être en effet enregistré Clara Montes. Je remonte au jour du crime, je remonte à l'origine, comme si je pouvais y assister.

13 septembre. Je remonte les rues, je parcours la ville en tous sens, de Montcalm Street, rue des Montes et des Shaw, jusqu'à la base de l'hippocampe, en passant par le centre commercial, puisque Warren parcourt des distances importantes avec son œil mécanique. Je croise beaucoup d'habitants de Drysden mais pas Clara ni Ethan. J'arpente la grande rue du centre-ville, je passe devant le Blue Bird, devant le magasin d'armes, je poursuis mon chemin. Un visage dans une voiture attire mon attention, je reviens en arrière et je les découvre : Sarah Shaw et Reynolds, assis côte à côte dans un 4 × 4. Warren les a saisis au passage, sans s'attarder sur eux et c'est presque par hasard qu'on les aperçoit. Je suis stupéfait. Mais la bête finit toujours par s'attacher la belle. Comme disent les Français : « Cherchez la femme. »

Je suis sur l'autoroute. Mes phares crèvent la nuit. J'accélère, comme si j'étais de nouveau dans le film. Les images de la route défilent. J'arrive bientôt sur le pont et à ce moment tout s'effondre devant moi : il n'y a plus de route. Je pile avec affolement. Un grand lac sombre, trempé de nuit, s'élargit devant moi. Je vois vaciller comme dans un cauchemar des halètements obscurs. Je ne sais si c'est moi qui tremble ou le monde autour de moi. C'est sur ce pont, n'est-ce pas, que le père d'Ethan est mort ? Il a dû tomber dans le vide, la route s'est ouverte aussi devant lui. Je sors de ma voiture, laissant mes phares allumés pour prévenir d'éventuels automobilistes. Je marche. Mes pas ne font aucun bruit, tout est amorti par une sorte de brume nocturne qui me semble aussi effrayante que les trous de la nuit, complicité maléfique des éléments qui, eux aussi, se sont donné pour mission de manger les enfants. J'avance prudemment parce que j'approche de l'abîme, je suis forcément tout près, je l'ai vu se creuser sous la lumière des phares. Je marche et il me semble qu'une forme grise sur ma gauche dessine la voiture du père d'Ethan et le grand sanglot de sa mort, comme si Ethan ou son père lui-même pleurait et je ne sais pas quoi faire de ce son et de cette forme, sauf à éprouver une terreur grandissante devant les fantômes. Peut-on imaginer une nuit liquide, la grande eau du lac de nuit ruisselant devant moi, sous moi, autour de moi ?

Ma voiture derrière moi pousse la lumière blanche qui elle-même perce la nuit de grains lumineux, myriade maladive, de plus en plus faible, de plus en plus impuissante devant les tentacules de la concrétion noire. J'avance et là où je croyais trouver l'abîme mes pieds touchent le bitume du pont et là encore tout est plus solide que je ne le croyais et les choses ne s'effondrent pas et je ne comprends plus ce qui se passe, de sorte que je me mets à pleurer.

23

Au matin, chez moi, après une nuit de sommeil, je bois mon café brûlant. Netteté de la brûlure sur la langue. Goût amer que j'essaye de décomposer, surtout après l'épisode de l'autoroute. Retrouver la solidité. Un peu herbeux, me semble-t-il, avec une acidité forte. Je me demande s'il ne vaudrait pas mieux le boire plus tard dans la journée. Il est vraiment fort pour le matin. Je trempe ma tartine, ce qui dégoûte toujours ceux qui me voient faire. Des particules beurrées se détachent et ocellent la surface de petites auréoles tremblées. Je me sens fatigué et inquiet. Que fait Sarah avec Reynolds dans une voiture arrêtée ? Des volutes s'élèvent du café. On avance et la route se dérobe. On avance et ce n'est pas ce que cela devait être. On avance et la fumée dérobe le but. Comme dans un escalator. L'autoroute d'hier me rappelle le premier escalator que j'ai pris, lorsque les dents mécaniques dévoraient l'escalier et que les marches plongeaient dans les profondeurs. Enfant, je suis resté fixé sur les dents, je ne pouvais pas partir.

Je bois une nouvelle gorgée brûlante de café. Retrouver les limites. Réagencer les pièces du puzzle qui com-

posent une réalité cohérente, parvenir à une image satis-
faisante, une représentation plausible du réel.

L'union de Sarah et de Reynolds, greffe d'êtres aussi
disparates que le griffon, le centaure ou le minotaure,
ouvre néanmoins de nouvelles voies. Mais je ne sais pas
comment les emprunter. Je ne sais pas si le minotaure a
un lien avec Clara.

Je téléphone à Warren pour lui demander l'enregistrement des quelques secondes dans la voiture de Reynolds. Il m'envoie une photo floue, comme gâchée de
grisaille, mais très reconnaissable, plus réelle, plus scan-
daleuse, même dans sa dimension de photo volée. Je
reste encore fixé sur cette image.

Je roule jusqu'à la maison de Reynolds. M'engageant
dans sa rue, je me rends compte qu'elle se situe à dix
minutes à pied de la maison des Montes.

Une femme ouvre la porte. Je me souviens qu'elle s'appelle Janet, du moins si l'on suppose qu'il s'agit de la
femme de Reynolds. Elle est surprise en plein ménage.
Ses pieds sont nus, elle est en sueur. Je lui dis que je suis
un ami de Sarah et d'Ethan Shaw et que j'aimerais lui
parler. Elle a un air inquiet, regarde autour d'elle, de
sorte que je précise que cela ne durera pas et que nous
pouvons rester à l'extérieur.

Je lui tends la photo. Elle hausse les épaules en la
regardant mais je remarque que ses doigts tremblent.

— Qu'est-ce que vous voulez que j'en fasse ?

— Que font votre mari et Sarah ensemble ?

Elle rentre dans sa maison en claquant la porte. Je
ne sais pas si j'ai bien fait. Reynolds passera sans doute
une mauvaise soirée, mais il saura d'où vient le coup et

179

il apprendra qu'une photo de Sarah et lui circule dans la ville. Il pourra désigner l'ennemi.

À ce moment, le nom de mon rédacteur en chef s'affiche sur mon téléphone. J'hésite à le prendre puis presse le bouton. Gall me demande où j'en suis. Je lui réponds que l'enquête est difficile. Il me dit que personne ne m'a demandé d'enquêter mais de rendre compte. Que je n'ai donné aucune nouvelle. Qu'il n'y a aucun message de moi, rien sur Twitter. Rien sur mon blog. Que tous les journaux titrent sur l'affaire alors que je ne donne rien. Je lui rappelle que je déteste Twitter et que trop écrire ne sert à rien, que mon article sera dix lieues au-dessus de la merde déversée par les chaînes d'info, que j'ai bien travaillé, avec des sources que personne ne possède. « Quelles sources ? » Je lui réponds que je ne peux pas lui dire. Il commence à s'énerver, il veut des résultats, le *New Yorker* a sa culture propre, dit-il, ce n'est pas Fox News mais il ne faut tout de même pas déconner, on n'est pas payé pour prendre des vacances dans le Colorado. Même si j'aimerais lui répondre que la grandeur du *New Yorker* a toujours consisté à payer des inadaptés sociaux capables de rédiger un unique article – mais quel article ! – en dix ans, je préfère ne pas l'exciter davantage. Je lui dis d'un ton conciliant que bien que je comprenne ses exigences (concession), je suis très avancé dans mon enquête, plus que n'importe qui (réfutation de la thèse adverse). Il y a un silence au bout du fil et tout d'un coup la défiance me reprend. La boîte sombre de mon téléphone me semble encore luire sournoisement, animée de la même présence sourde et dangereuse. « Très avancé dans mon enquête, ai-je dit, plus que n'importe qui. »

— Qu'est-ce que ça signifie ? Plus que n'importe qui ? Tu peux m'en dire plus ?

Le ton de Gall, soudain, est avide. J'ai eu tort de parler ainsi. J'ai eu tort de l'avouer à un rédacteur en chef que je ne connais pas si bien, dont les amitiés politiques et les réseaux me sont mystérieux. Et j'ai eu tort de l'avouer au téléphone, au cœur même de l'objet le plus informé, le plus délateur de notre époque. Je ne réponds pas, j'ai envie de me débarrasser du téléphone, mes yeux croisent une poubelle. Lentement, pesamment, les mots se détachent de moi : « Je... ne... peux... pas. » Sans le vouloir vraiment, je coupe la communication.

On avance et ce n'est pas ce que cela devrait être. Je n'aurais pas dû faire cela. Mais le téléphone n'aurait pas dû luire aussi sournoisement. Il y a dans la petite boîte sombre que je pose par terre avec répugnance toutes les profondeurs immatérielles de la trahison, plongeant, de strate en strate, dans l'infinie duplication de l'information. Je m'éloigne à plusieurs mètres. Je m'assois sur un banc. J'observe mon téléphone. Abandonné sur le sol, petit bloc sombre, il semble avoir perdu toute vie et donc tout pouvoir. Rien de plus qu'une structure de plastique, cuivre, verre et étain. Peut-être enregistre-t-il tout ce que je fais et tout ce que je suis mais, en ce moment, il ne semble rien d'autre qu'un téléphone, un de ces trucs pratiques et neutres qui existaient avant Internet et la quête des data, dans une autre ère. La menace qu'il fait peser sur moi est évidente : il est capable d'enregistrer toutes mes conversations et même de me filmer à mon insu. Il est l'ennemi. Et en même temps, il pourrait n'être que le support de mes discus-

181

sions avec autrui, le lien qui me rattache à tous ceux qui veulent me joindre.

Alors je fais cinq pas, je le ramasse et je le mets dans ma poche.

De retour dans l'appartement, je reste désœuvré. Par précaution, j'ôte la puce de mon téléphone, sans trop y croire. Je ne suis pas policier et je n'ai pas les capacités d'un vrai *muckraker*, le fouille-merde obstiné, tenace, opiniâtre des légendes journalistiques. Je suis juste un journaliste en chambre. Je ne vois même pas ce que je pourrais faire de plus. Il me semble que je suis déjà allé plus loin que je ne l'ai jamais été. L'imagination comme l'expérience d'une enquête me manquent. Je tourne en rond. Cependant, je ne mentais pas à Gall : je suis certain d'être allé plus loin que n'importe qui. Et maintenant ?

Dans l'après-midi, on frappe à ma porte. C'est Janet. Je lui ouvre. Elle entre dans la pièce, hésite, je lui dis de s'asseoir. Elle voit la photo que j'ai laissée sur la table, prend une chaise et se met à l'observer en clignant des yeux.

— Je suppose qu'on ne se retrouve pas par hasard dans une voiture, n'est-ce pas ?

Je ne réponds pas.

— Elle est pourtant bien lotie, Sarah. Elle n'a tout de même pas besoin de mon gros William alors qu'elle a Ethan à la maison.

Elle reste silencieuse, toujours absorbée par la photo. De loin, le cliché est plus accusateur encore. Une complicité évidente se dégage de ces deux visages tendus qui ne se regardent pas, pris dans une conversation qui les anime entièrement. Il y a dans le silence de Janet, penchée sur la photo pour en extraire le secret et l'aveu, un désarroi mêlé d'une volonté de savoir qui la rend touchante. Elle a deux enfants avec cet homme, Sarah est une amie, ou au moins une connaissance, et de sa lourde silhouette animale, de ses yeux à la pupille trop pleine sourd une tristesse opaque, dénuée de haine.

— D'où vient cette photo ?

— Je ne peux pas vous le révéler.

— Alors pourquoi vous me la montrez ?

Elle se penche de nouveau sur la photo. Deux larmes coulent le long de ses joues.

— Elle est belle, Sarah, dit-elle.

— Ethan aussi.

— C'est un gros moche, mon Will. Qu'est-ce qu'elle lui veut ?

— Je crois qu'elle veut être rassurée. Ethan n'est pas le compagnon idéal d'après ce que j'ai compris.

— Parce que William l'est peut-être ?

— Il admire la beauté de Sarah.

Janet me lance un coup d'œil.

— Vous lui avez parlé ?

— Oui.

— Il connaît cette photo ?

— Non.

— Qui êtes-vous ?

— Je suis un ami d'Ethan.

— On dit que vous êtes journaliste. Il y a des gens qui vous connaissent et savent où vous habitez. Je n'ai pas eu de mal à vous trouver.

183

— C'est une menace ?

— Non. Je dis juste ce qui est.

— C'est une petite ville. Je connais votre mari, je connais Ethan, je connais Sarah et je connais Susan Montes.

— Et vous voulez quoi ?

— Je veux en savoir plus sur tout ce petit monde.

— Pourquoi ?

— Parce que c'est mon métier.

— J'y crois pas.

— Parce que j'ai du mal à croire Ethan coupable.

— Un ami, ça se trompe toujours.

— Peut-être. Mais je trouve bizarre qu'on veuille à tout prix l'incriminer.

— Et vous pensez que Sarah et mon mari, ils veulent se débarrasser de lui ?

— Ce n'est pas ce que j'ai dit.

— Bien sûr. Mais c'est ce que vous pensez.

— Peut-être.

— William n'est pas un pervers. Et il n'a pas à se débarrasser d'Ethan. Si Sarah et lui s'aiment, qu'ils partent ensemble, c'est tout.

— Sarah n'aime qu'une personne, c'est Ethan. Votre mari est un pis-aller. On peut vouloir désigner un coupable par amour. Quel meilleur moyen de détruire l'image d'un homme que d'en faire un pervers ?

Janet ne répond pas.

— Votre mari m'a dit avoir retrouvé Ethan dans un restaurant avec vous. C'est là qu'il a rencontré Sarah pour la première fois.

Janet me regarde de ses grands yeux un peu bêtes. Elle ne l'est pas pourtant, elle vient de me le prouver.

— On n'a jamais vu Ethan ensemble, William et moi.

— Un restaurant près de l'autoroute. Ethan s'y trouvait avec Sarah alors qu'il était parti depuis dix ans de Drysden.

— William m'a toujours parlé d'Ethan. Je connais le nom d'Ethan Shaw depuis que je sors avec William. Mais je ne l'ai vu que trois ou quatre fois, et sûrement pas dans un restaurant près de l'autoroute.

— Qu'en est-il de cette dispute à la chasse ?

— Quoi, la chasse ?

— Votre mari m'a raconté qu'il allait souvent à la chasse avec Ethan.

— Jamais. Ethan et William travaillent parfois ensemble, et c'est Ethan qui a fait l'installation informatique dans le magasin. Mais ils ne sont pas amis.

— Et Muller ? Il chasse avec votre mari ?

— Oui. Souvent.

Tout le monde parle et tout le monde ment. Ce n'est pas grave, les mots sont là pour ça, j'y suis habitué. Les gens racontent des histoires, et souvent ils y croient.

— J'ai une photo pour vous, moi aussi, dit Janet.

Elle me tend son portable. Une photo en noir et blanc de Reynolds et Ethan, côte à côte, dans leur jeunesse. Je ne peux plus parler. Ni réfléchir. J'ai le souffle coupé, au sens propre. Je ne respire plus. C'est le visage d'Ethan qui me fait ça. Qui déchire le temps. Ethan, saisi à l'âge précis où sa beauté m'a détruit et fait renaître, et dans le saisissement que cette vision engendre, il me semble revenir des années en arrière. L'être qui se diluait au fil des témoignages, des photos vieillies, des histoires plus ou moins remaniées, s'impose avec la brutalité d'une épiphanie. C'est toi, Ethan ! C'est ce visage que j'ai adoré, qui s'est emparé de moi autrefois. Parce que j'étais cet adolescent-là et parce que c'était ce visage-là. Pas cette personnalité, pas cet homme : ce visage.

Je souris niaisement en tentant de prendre une contenance, mais la vérité c'est que le temps m'a sonné comme un boxeur funèbre. Je fais semblant de me raccrocher à la pauvreté du présent, patinant vers les mots de Janet.

— Croyez-vous vraiment que William ait pu trahir un ami de jeunesse ? Regardez-les ! Vous le croyez vraiment ?

J'essaye de regarder Reynolds : il est beaucoup moins gros et moins laid et, dans le sourire qu'il adresse à Ethan, on pourrait peut-être déchiffrer l'admiration qu'il vouait alors à son idole. Quelle meilleure raison pour l'esclave de tuer le Maître ?

Je ne me sens pas très bien.

— Janet, pouvons-nous poursuivre cette conversation une autre fois ? J'ai un rendez-vous, il faut que je le prépare.

J'ai l'impression de chuter, le sol se dérobe et se creuse comme si de nouveau, la nuit en moins, l'autoroute s'effondrait sous moi. Drysden sécrète un étrange poison dont le venin coule dans mes veines. Depuis le début, je me sens mal, à la fois nauséeux et chancelant, et voilà que la photo d'Ethan, cette photo que je voudrais récupérer, qui m'est soudain aussi nécessaire que la présence d'Ethan autrefois, accélère la course du venin. Je raccompagne Janet à la porte. Et comme d'habitude, je me réfugie sur le lit.

186

La photo d'Ethan est le fantôme. Je sais pourquoi tous me semblent fantomatiques. C'est qu'ils ne sont pas pour moi des êtres vivants, ils ne sont que le fantôme de ce qu'ils ont été. *En noir et blanc.* On dirait cette série policière, *Cold Case*, dans laquelle sont rouvertes des affaires classées depuis des années ou même des dizaines d'années : chaque être est doublé de la vision en noir et blanc de celui qu'il fut. Un vieil homme parle et alors même qu'il est en train de s'exprimer, le visage de sa jeunesse, imberbe, immaculé et brillant, rendu plus brillant encore par l'éclat travaillé du noir et blanc, s'impose à l'image. Et c'est exactement cela : les habitants de Drysden sont tous doublés de leur passé, l'adolescent escorte l'adulte, la photographie en noir et blanc s'impose à l'image. Je ne peux pas considérer ce qu'ils sont, je sais trop ce qu'ils ont été, sans doute parce que je n'en suis jamais sorti ou parce que j'ai bâti ma vie contre ce passé – contre les années à Drysden. Et je me sens nauséeux comme l'est forcément un homme en double exposition, la photo unissant les deux négatifs saturée de lumière.

Deux heures plus tard, je me lève et vais à la fenêtre : une lumière rouge luit dans le crépuscule. C'est Warren. Je suis entré dans l'enregistrement. C'est normal, il n'y a rien à dire, nous sommes dans le film.

Je pense toujours à cette photo. J'ai besoin de voir Ethan. Celui de la photo, du passé, celui qui ne reviendra pas. Je marche fébrilement dans la chambre. Comme je ne sais pas comment le retrouver, je loue *The Way We Were,* ce film dont le personnage principal, Hubbell, est à son image. Hubbell n'est pas Ethan, Redford n'a pas le même visage, mais comme je suis à la recherche de ma mélancolie, il fait l'affaire et je contemple le film le cœur serré. À un moment, assez tôt dans le film, Hubbell, qui a toutes les apparences d'un play-boy superficiel, écrit une nouvelle louée par son professeur et lue en classe. Le récit, qui a pour titre « The All-American Smile », commence par ces mots : « Il était semblable au pays où il vivait, tout lui venait trop aisément, mais au moins il le savait. Environ une fois par mois, il s'inquiétait d'être un imposteur. Mais alors la plupart de ceux qui l'entouraient étaient encore pires que lui. »

Et de ces mots exacts l'âme d'Ethan est gravée.

24

Au bureau du shérif. J'ai décidé de porter plainte pour l'agression du lac Minot. Comme j'aurais dû m'y rendre pour mon enquête depuis bien longtemps, je fais coup double. Je monte jusqu'au premier étage, tapissé d'avis de recherche et d'une curieuse enquête sur la violence. Pendant mon attente dans l'étroit couloir, je fais le test en vingt questions pour déterminer mon degré de violence personnelle : « faible ». Au bout d'un quart d'heure, une policière au visage fermé s'adresse à moi du fond du couloir, derrière une vitrine au verre renforcé. Je lui dis que je veux porter plainte. Elle me reçoit avec un soupir dans une pièce aux murs jaunâtres. Identité, profession, âge, motifs de la plainte. Elle tape avec rapidité.

Sur son badge, je lis le nom de Benson. Et encore un être en noir et blanc, car Benson avait un an de moins que moi à Franklin où elle tenait déjà un discours musclé sur les criminels et assurait qu'elle travaillerait dans la police. Elle ne m'a pas reconnu, comme tous les autres. Ses larges mâchoires me fascinent. Elle tourne l'écran de l'ordinateur vers moi pour me faire lire la déposition. Il s'agit bien de ma déclaration, avec une syntaxe guindée et de nombreuses fautes d'orthographe. Benson l'imprime et me la fait signer. À son visage indifférent, je sais qu'ils ne feront rien.

Je lui demande si l'enquête sur Clara Montes avance. Elle répond qu'elle n'a pas à commenter une affaire en cours.

— Ethan Shaw n'est pas coupable, dis-je.

Une lueur d'intérêt s'éveille dans son regard.

— Qu'en savez-vous ?

— Vous voyez vraiment Ethan violer une fille ?

— Vous le connaissez ?

— Oui.

Tout d'un coup, je me souviens que Benson a couché avec Ethan une nuit. Elle s'en est vantée pendant des mois alors qu'elle l'avait fait boire pendant une soirée : je ne sais même pas s'il avait pu avoir une érection. Le souvenir lui revient en ce moment même, je le lis sur son visage.

— Tout l'accuse, dit-elle.

— Ou tout a été fait pour l'accuser. Je pose des questions, je ne crois pas dans sa culpabilité et je me fais agresser : vous pensez qu'il s'agit d'une coïncidence ?

— Le shérif Clark est persuadé qu'Ethan est coupable et, surtout, tout le monde fait pression sur lui pour qu'il l'attrape. Il n'y a pas de place pour une enquête contradictoire et Ethan n'a pas d'avocat pour en mener une. Même si sa femme en a un.

Le seul fait d'appeler un assassin par son prénom est déjà une prise de position.

— Vous ne croyez pas non plus à sa culpabilité ?

190

Benson a un regard vers la porte fermée.

— Pas vraiment, non. Mais je n'ai pas accès au dossier, et personne ne l'a, même parmi les adjoints. Clark est responsable de tout, ce qui n'est jamais arrivé jusqu'à présent. Je n'ai jamais vu une enquête aussi claquemurée. Personne d'entre nous n'a pu voir le corps de la victime et même le médecin légiste habituel a été écarté. Nous ne savons rien, à part qu'il faut attraper Ethan, ce qui se révèle quasiment impossible. Personne ne connaît les montagnes comme lui et nous ne savons même pas s'il est encore dans l'État. En fait, vous en savez peut-être plus que moi.

Son œil se fait inquisiteur.

— Je pose des questions mais on ne me répond pas beaucoup, ai-je menti. On n'aime pas trop les journalistes, ici.

— Il faut dire qu'ils ont débarqué comme des sauterelles.

— J'ai surtout besoin de renseignements sur Clara Montes. Il est impossible de savoir qui elle est.

— Qu'est-ce que vous racontez ? J'ai entendu des dizaines de témoignages. Une gentille fille sans histoires qui voulait être cosmonaute.

— Des témoignages, peut-être. De vraies informations, je n'en ai pas eu, dis-je avec prudence.

La policière me considère en silence.

— Vous pouvez aider Ethan, ai-je dit. Menez l'enquête sur mon agression. Je suis sûr qu'elle est liée à Ethan. J'ai bien vu que cela ne vous intéressait pas beaucoup, mais les agresseurs sont forcément impliqués dans l'affaire.

— Les chances de trouver quoi que ce soit sont minces.

— Plus importantes que dans une enquête qui vous est interdite.

Elle hoche la tête.

En sortant du poste de police, j'ai l'impression d'avoir déplacé des montagnes. Un homme capable de se féliciter d'une action aussi mince est-il autre chose qu'un aboulique ?

Si les puzzles d'Ethan tournent autour d'une pièce manquante, mon enquête achoppe sur une victime invisible. Sa biographie manque, son identité manque. Aucun témoin n'est fiable, des mots vides la drapent et flottent autour d'elle en haillons.

Je tente de nouveau d'aller voir Susan. Elle a de nouveau une moue bougonne sur son épais visage, comme si elle portait elle aussi un masque, en l'occurrence un masque de laideur. Tout est trop lourd, trop maquillé dans ses traits. Je lui dis que j'ai absolument besoin d'en savoir plus sur Clara.

— Je t'ai tout dit. Qu'est-ce que tu me racontes ?

Elle hausse les épaules.

— Va voir le père. Il aime bien bavasser. Il est dans la pièce d'à côté.

Tout paraît facile. Claudio est assis à côté, il regarde la grande télé, comme je l'avais fait moi-même la dernière fois. Il est très absorbé, le visage austère, la concentration implacable.

Je m'assois sur le canapé. Il ne s'aperçoit pas de ma présence. Je commence à lui parler, il ne réagit pas. Je lui tapote la cuisse de la main. Il se retourne soudain, stupéfait, et me découvre avec un sourire enfantin. Il se met à parler en espagnol, langue que je ne comprends pas. Je lui dis que je préférerais l'anglais. Avec le même sourire ravi et innocent, il continue en espagnol, en répétant un mot obscur.

Et tout d'un coup, la vérité m'apparaît : Claudio Montes est sourd, irrémédiablement sourd ! Avec le sens du grotesque qui lui appartient en propre, Susan m'a confié à un oracle sourd !

Je retourne avec un sourire rageur dans la pièce d'à côté. Susan éclate de rire. Il n'y a aucune joie dans ce rire, un peu de méchanceté peut-être, mais ce qui me frappe c'est le manque d'émotion de ce rire, son caractère à la fois outrancier et mécanique.

— Pour te consoler, je vais te montrer la chambre de Clara.

Je demeure interdit. Aucun journaliste n'est entré dans cette pièce. Il n'y en a eu aucune mention en tout cas, et aucune image.

J'entre dans une pièce rose. Tout est rose, à en vomir. Les murs, le lit, les couvertures, les objets. La chambre est dans un ordre parfait. Trois affiches de cosmonautes sont suspendues : John Glenn, Armstrong et bien sûr le docteur Aguilar. Une petite bibliothèque compte plusieurs manuels scolaires, quelques livres d'adolescente et quelques classiques, nourrissant ainsi la légende de la bonne élève.

— Je peux prendre une photo ?
— Si tu l'utilises pour un article, non.
— Juste pour moi.

Susan n'a aucune confiance dans les journalistes, sans doute avec raison, et pourtant elle me laisse prendre la photo de la chambre interdite à tous. Elle ne dit plus rien. Elle s'est assise sur une chaise et elle me fait penser, avec son corps lourd et son visage défait, à une vieille chienne qui aurait perdu son dernier chiot. Chaque fois qu'elle s'exprime, elle me semble fausse, chaque fois qu'elle se tait, il y a en elle une douleur qui m'intimide. Je n'ose plus parler. Je prends mes photos.

— Tu veux vraiment savoir, c'est ça ? dit-elle. Il paraît que t'es un ami du gars, que tu poses partout des questions parce que tu ne crois pas qu'il est coupable.

Je ne réponds pas.

— Il est coupable. C'est lui, je n'ai jamais eu de doute et je n'en aurai jamais. Tu veux savoir l'histoire de ma fille, hein ? Il n'y a pas d'histoire, il y a juste un gars qui a voulu baiser une ado et qui l'a ensuite tuée. Et puisque tu y tiens tant, je vais te la raconter, je l'ai fait cent fois pour les flics.

C'est comme *Les Mille et Une Nuits*. Une femme raconte une histoire dans une chambre. Il se trouve que cette chambre est une bonbonnière et qu'au moment même où je l'écoute, dans le hideux décor rose, les chaussons de Clara se trouvent devant moi, bien rangés au pied du lit. Des chaussons qui sont comme des pattes d'ours, avec de longs poils. Je songe à ses pieds nus et cette pensée me gêne.

REC. SUSAN MONTES

Ma fille, je te l'ai dit, c'était une vraie pute. Peut-être pas comme les gens l'entendent, elle portait pas de maquillage, de minijupes et tout ça, sinon elle s'en serait pris une, mais c'était quand même une pute, en elle.

(Ces mots me surprennent. Dans la bonbonnière rose, pour évoquer le souvenir d'une morte, ils me paraissent déplacés. Susan est fidèle à son excès, trop fidèle.)

Elle voulait plaire. Peut-être parce qu'elle croyait qu'on l'aimait pas ici, ça c'est possible, mais en tout cas elle voulait séduire tout ce qui approchait : hommes, femmes, chiens, canaris. À croire que même les chaises, elle les voulait pour elle. Elle était pas très équilibrée à ce niveau. Et ça marchait avec tout le monde, parce qu'elle avait le truc en plus, pas seulement la beauté, bon ça c'est vrai ça marche, mais vraiment le truc en plus, inexplicable, qui fait qu'on est attiré, qu'on a envie d'aimer cette personne. Moi, je m'en fous, j'ai jamais eu ça et Claudio non plus, nous on est moches et les gens nous aiment pas mais vraiment on s'en fout. Claudio, il est sourd et moi je les emmerde. Mais Clara, c'est comme si elle avait été une cire molle, les gens s'imprimaient en elle, c'était tout mou en elle, tout faible et tout sensuel. Elle validait, tu vois, elle validait le regard des autres : ils avaient raison. Si les autres l'aimaient, c'est qu'elle était bien, s'ils l'aimaient pas, c'est qu'elle était pas bien. Ça, c'est un truc qui prépare les grands malheurs. On peut pas être heureux avec ça. On peut être heureux qu'en emmerdant le monde. C'est ce que je pense. C'est pas ce qu'elle pensait.

(Susan ouvre sa grande bouche maquillée en parlant. Le fond de teint qui recouvre sa peau tente de dissimuler la laideur de ses boutons. Elle me fascine comme une pythie hideuse : j'ai

le sentiment qu'elle est la vérité, qu'elle est seule à voir clair, à nous débarrasser des oripeaux de la bonté et du mensonge. Elle me terrifie et me fascine.)

Souvent, elle entendait parler d'Ethan Shaw. Je sais pas d'où parce qu'elle était pas à Franklin, et Ethan c'est quand même pas Di Caprio, tout le monde le connaît pas. Mais on lui en a parlé. Le héros de Franklin, l'espoir de la ville qu'il avait été autrefois. C'était y a longtemps parce que Ethan Shaw, à mon avis, c'est pas une marque qui vaut grand-chose maintenant mais Clara, c'est une ado, elle comprend pas tout. Et puis à mon avis, c'est une ado bizarre, parce que être attirée par un vieux gars comme Ethan, c'est pas net.

Je dois dire que c'est elle qui l'a dragué. Faut bien l'avouer, ça c'est clair, c'est elle qui s'est approchée du loup. Après faut pas s'étonner si les dents sont grandes et la langue bien rouge et bien vicieuse. Parce que les loups, c'est pas fait pour les jeunes filles. Et, à ce qu'on dit, c'était pas le nirvana chez les Shaw, sa femme elle était pas contente tous les soirs. C'est ce qu'on dit, moi j'en sais rien. Dans les petites villes, on dit beaucoup de choses, pas mal de mensonges mais beaucoup de vérités aussi. Les fenêtres du rez-de-chaussée n'ont jamais les volets assez fermés.

C'est au lac Minot que ça s'est passé. Je sais pas si tu connais, c'est le centre de tout ici. C'est là qu'on baise et c'est là qu'on tue, apparemment. C'est un lieu pour se manger. Ça a l'air bien, j'y suis allée, c'est tout beau, c'est le paradis avec un lac, la forêt, la falaise, tout le monde s'y retrouve. Les gens sont vautrés sur les serviettes, écoutent de la musique, nagent, pique-niquent.

Shaw y allait souvent avec sa femme. C'étaient ses restes de gloire, faut croire. Il connaissait tout le monde et il était encore bien gaulé, il pouvait se montrer. Alors ma Clara elle y est allée, avec son petit cul, ses petits seins. D'où elle tient tout ça, j'en sais rien, parce que nous, je l'ai dit, on est moches, faut croire que j'ai fauté dans mon sommeil avec un autre, mais le fait est que Clara est un petit canon affûté pour les mecs et leurs sales désirs bien glauques. Ce qu'on lui a donné peut-être quand même, moi et Claudio, c'est sa peau dorée, à manger. C'est une vraie Mexicaine pour ça, les yeux noirs, tu sais, les yeux de feu, et puis la peau bien dorée, de la brioche.

Clara lui a fait son numéro, elle s'est promenée devant Shaw à la plage. Il est allé nager jusqu'au ponton et elle l'a rejoint. Je la vois comme si j'y étais, avec ses cheveux torsadés et trempés d'eau du lac, l'éclat qu'il y avait dans son corps, ce truc que je te disais. Et, tout Ethan Shaw qu'il était, il a vu les étoiles.

Je voudrais bien savoir comment ça s'est passé. Parce qu'il y a un bras entre voir les étoiles sur un ponton et faire la chose. Je te dis faire la chose parce que c'est vraiment pas normal, c'est la chose, c'est pas faire l'amour, c'est pas baiser, c'est faire la chose. Mais ils étaient d'accord, on va pas dire le contraire. Pas de la même façon : Clara, elle voulait qu'on l'aime, qu'on l'illumine de l'intérieur, même en la perçant. L'autre, il voulait juste la fourrer. C'était tout neuf, tout craquant, ça lui plaisait, forcément. Et puis c'était interdit. Les hommes aiment l'interdit. Le côté crapuleux. C'est dégueulasse un homme.

Pas Claudio, mais Claudio c'est pas un homme c'est un sourdingue.

À mon avis, Shaw la retrouvait à la sortie du lycée. Je sais que tu veux savoir où c'était mais moi j'ai pas trop envie de te le dire, tu vas encore fouiner et ça m'énerve. Si les journalistes arrêtaient de fouiner, le monde se porterait mieux. Les deux, là, ils devaient se manger dans la voiture, comme des ados, sur la banquette arrière. C'est ridicule. C'est vraiment ridicule.

(Le visage de Susan s'affaisse comme si elle ravalait une grande douleur en même temps qu'elle répète le mot « ridicule ».)

La voiture, la banquette arrière, le lac Minot. Des ados. Ça peut sembler bien comme ça. Mais moi, ce que je vois, c'est Shaw fourrant son pieu dans ma petite Clara, et ce genre d'empalement, on dira ce qu'on voudra, c'est pas bien, pas bien du tout. Quand elle rentrait à la maison, elle était plus la même, Clara. Elle portait son secret tout verrouillé de l'intérieur. Elle avait son histoire à elle, son secret à elle, et moi je savais qu'il y avait quelque chose mais je savais pas quoi, je savais pas quoi. Je pensais bien que c'était une amourette et je le regrettais un peu, parce que je suis comme ça, j'aime pas les changements, mais en même temps j'étais contente parce que je me disais que c'était avec le fils d'un gars de la haute, c'est quand même un lycée privé, son truc, un lycée de cosmonautes. J'étais sûre que ma fille, un jour, elle serait tout en haut, en haut de la société, en haut du ciel. Elle avait ça en elle. Le truc en plus. Et pour ça, c'est pas mauvais de paver le chemin avec les ados de la haute. Si j'avais su que c'était un vendeur d'ordinateurs has been et marié comme Shaw, j'aurais porté plainte et tout ça ne serait pas allé loin. Mais voilà, Clara, elle était pas lisible, on pouvait pas voir à travers elle. Toi, t'es un grand con, on sait tout de suite ce que tu veux. Clara, elle était opaque. Elle mangeait avec nous à table le week-end, elle nous racontait un peu sa semaine, pas grand-chose, c'était trop pénible pour elle qu'elle disait, parce qu'il fallait articuler à mort bien en face de Claudio pour qu'il comprenne quelque chose. Des trucs avec des profs, des matières et des élèves. Moi j'aime pas l'école, je trouve ça chiant alors je posais pas de questions. Forcément, ça limitait l'échange. Moi, j'aurais voulu qu'elle me raconte avec qui elle sortait et combien ses parents gagnaient et où ils habitaient et quelle taille faisait la maison, si c'était vraiment le genre scandaleux, les trucs qui comptent, quoi, fais pas ta mijaurée, on est tous pareils, surtout quand on habite dans ce bled. Et j'aurais bien voulu déverrouiller l'intérieur de son cœur mais ça c'est des trucs qu'on peut pas. Ça l'aurait sauvée pourtant.

Et puis un jour elle a disparu. Et depuis c'est fini, il y a plus de Clara, il y a plus mon pinson au cœur verrouillé et je ne la verrai plus jamais faire la gueule devant nous ou chantonner au matin.

L'épais visage se tord de douleur, avec ce mélange de sincérité et de théâtralisation apitoyée auquel j'ai fini par m'habituer. Susan est répugnante, fascinante, vraie, fausse, sincère, mensongère, dure, molle, stupide, rusée. Mais ce qu'elle me montre alors, plongeant dans le tiroir de la table à côté du fauteuil et me tendant de sa main

grasse et tachetée une feuille A4 colorée dont mon téléphone filme la surface brillante, est sa carte maîtresse :
il s'agit de la photocopie couleur d'une photo représentant côte à côte Clara et Ethan, les deux visages étroitement serrés.

25

Une voix, au restaurant, m'a fait oublier mes pensées. Les conversations de Susan ne sont pas de celles qu'on oublie. Sa vulgarité, son cynisme mêlé de guimauve vous ligotent. Je me suis rendu au Blue Bird pour voir un peu de monde.

La voix de Paul se fait de nouveau entendre. Je le regarde. Il me répète quelque chose. Je souris sans comprendre. Puis il me dit qu'il aimerait découvrir le lac Minot. Il en a parlé autour de lui, c'est un paradis. Je hoche la tête. Il me demande à quelle distance est le lac. Comme je lui réponds, il dit que c'est loin, qu'il n'a pas de voiture et qu'on pourrait peut-être, en attendant d'y aller ensemble, prendre un verre. Je me tends un peu, puis je souris. Il propose qu'on se retrouve chez moi ce soir.

Dans l'après-midi, je reste immobile. Je ne fais rien. Ni lecture, ni télé, rien sur mes mails. Peut-être est-ce le récit de Susan, peut-être l'attente de Paul. C'est un joli garçon, agréable et jeune en tout cas. Le désir et la peur. J'ai toujours un peu peur avant une rencontre. Je crois que les autres m'ont toujours effrayé.

À huit heures, Paul arrive. Il est ponctuel et nerveux. Je suis aussi nerveux que lui. J'ai préparé un cocktail que je lui tends. Nous nous asseyons sur le canapé. Je lui pose des questions banales auxquelles il me répond banalement, sans la vivacité qu'il manifeste au restaurant. Je me souviens de Juan, à New York, juste avant mon départ pour Drysden. Je lui avais demandé s'il allait me faire du mal, je crois. Ou alors je l'avais affirmé, je ne sais plus. J'aimerais poser la même question à Paul, sans l'oser, car il me semble qu'il s'enfuirait. J'ai de la chance qu'il soit venu. Il donne l'impression de pouvoir partir à tout moment. Tout d'un coup, je songe à un oiseau.

Paul lève les yeux vers la porte et à l'instant même, je sens que le pire va arriver. Je me dresse à moitié, percevant dans l'instant contracté de mes peurs un vacarme croissant, et c'est alors que la porte s'ouvre sur les masses noires et masquées du lac Minot. Je suis certain d'avoir crié : « Non », comme si je leur interdisais d'entrer, mais ce « non » recouvre aussi la déception amère, cruelle et vaine devant la trahison, tandis que Paul s'enfuit. Les trois hommes se mettent à me frapper sans prononcer un son. Je hurle pour qu'on m'entende, pour qu'on vienne à mon aide, et les autres ne font que frapper, je hurle maintenant de douleur. Vont-ils me tuer ?

Je hurle de nouveau : « J'ai compris. J'ai compris », et je crie ces mots de soumission, encore et encore, jusqu'à ce que les trois hommes m'abandonnent. Ils se retirent et m'observent. Ils sont terrifiants. J'ai un dernier murmure sanglant, plaintif : « J'ai compris. » Ils s'en vont. Ils n'auront pas dit un mot. Je demeure sur le sol.

Lorsque je me relève, mon regard, par la fenêtre, discerne une ombre à peine éclairée par la lointaine lueur d'un lampadaire.

« Ethan ? »

Il me semble que l'ombre lève la tête vers moi, alors que nul ne peut m'avoir entendu, et il me semble encore que dans la demi-obscurité, le visage est bien celui d'Ethan. Je me colle contre la fenêtre, je veux l'ouvrir et, à travers la vitre, la silhouette mince, dans son silence et son immobilité, me paraît avec toujours plus de certitude être celle d'Ethan, un Ethan curieusement jeune et inchangé – mais que puis-je vraiment voir dans la nuit ?

Je titube jusqu'à la porte, descends l'escalier, sans crainte de croiser les trois hommes, porté au-delà de la crainte plutôt, et voilà que je débouche sur la pelouse : Ethan a disparu. Il n'a peut-être jamais été là. Peut-être était-ce Paul regrettant sa trahison, ou attendant sa récompense.

J'entends un bruit de sabots et soudain un être à cheval surgit dans la rue, anachronique et superbe. Je reste stupide devant la créature qui se déploie dans l'ombre à la vitesse du galop, comme un démon né de mes rêves, jusqu'au moment où une voix me parvient, et je m'écroule sur l'herbe. Les mains de Benson s'emparent de moi, l'évanouissement aussi.

À mon réveil, quelques secondes plus tard, je lui parle des trois hommes masqués. Elle me regarde bizarrement. Pense-t-elle donc que je me suis frappé contre les murs ? Je n'ose révéler la vision d'Ethan. Elle me prendrait pour un fou.

Elle appelle une ambulance qui me conduit à l'hôpital. Un infirmier lui demande ce qui s'est passé. À mi-voix, et en se détournant de moi, elle explique qu'une voiture m'a renversé dans la rue, presque à l'instant où elle arrivait. Dans l'obscurité, elle n'a pu noter le numéro, elle pense qu'il s'agissait d'un 4 × 4 Dodge. J'ai surgi tout d'un coup en courant, la voiture n'a pu m'éviter, le capot m'a accroché par le côté. Je me suis effondré en tournant sur moi-même. La voiture ne s'est pas arrêtée, poursuit Benson, il y a délit de fuite. L'accident s'est déroulé presque devant elle, elle a tout vu et pourtant je lui ai parlé de trois hommes qui m'avaient agressé.

« Sans doute un délire dû au choc. On va s'en occuper. »

Je lève la main pour protester. Un épuisement mêlé de découragement m'envahit. Mes yeux se ferment. Je murmure que trois hommes m'ont frappé. L'infirmier hoche la tête. On me fait passer plusieurs radios. Mon visage est tuméfié, deux côtes cassées me font très mal et j'ai un hématome crânien. J'ai froid. Je reste pour la nuit à l'hôpital, en observation. Un sommeil engourdi, médicamenteux, panse mes plaies. Un sommeil poisseux et peuplé de rêves. Je ne peux pas les raconter, ils ont disparu au matin, comme Ethan, comme les trois assaillants.

Le lendemain matin, Benson passe me voir. Elle dépose le journal local sur mon lit, avec une photo de moi. En titre : « Un journaliste du *New Yorker* renversé par une voiture à Drysden. » Je lis l'article en frissonnant.

— J'ai été frappé par trois hommes, Benson, dis-je. J'ai invité Paul, le serveur du Blue Bird, à prendre un verre chez moi. Il m'a tendu un piège, c'est lui que vous devez interroger. Il a laissé la porte ouverte pour les trois hommes.

— Je vais l'interroger.

Elle me parle avec douceur, comme on s'adresse à un malade ou un enfant.

— Aucune voiture ne m'a renversé, Benson. Vous vous trompez. Je ne sais pas ce qui vous pousse à raconter ça mais c'est faux. Ils étaient trois, avec des masques. Les trois du lac Minot. Interrogez Paul, interrogez Muller.

— Muller ? Pourquoi Muller ?

— Parce que je pense que c'est lui. Parce qu'il est violent, parce que c'est un fasciste, parce qu'il déteste les pédés.

— Ce serait une agression homophobe ? déclare Benson avec un visage impassible.

Je ne réponds rien. C'est inutile.

Benson propose de me ramener chez moi.

— À cheval ?

Elle ne paraît pas comprendre.

— En voiture bien sûr.

Sur le chemin, je lui dis que je veux porter plainte contre Paul. Elle dit : « D'accord. » Il y a un silence. La climatisation est très douce, pas glacée comme d'habitude. Puis Benson ajoute que les gens détestent les journalistes, que c'est peut-être la cause de l'agression. Sans compter le lien avec Ethan Shaw. Après tout, la voiture ne s'est pas arrêtée un seul instant. C'est peut-être un signe.

— Ce n'est pas une bonne ville, dis-je.

Ça ne veut pas dire grand-chose. Benson hausse les épaules.

De retour dans mon appartement. Je ne bouge plus. Je reste assis sur le canapé, buste en avant. Tout est fermé en moi.

Je me souviens de Paul. Je me souviens des trois hommes. Mais je me souviens aussi d'Ethan, alors que sa présence en cet endroit est plus qu'improbable. Surtout si jeune…

J'ai dit un jour que je croyais aux fantômes. Cela a beaucoup fait rire. En tout cas, je ne crois pas aux voitures surgies de l'imaginaire d'une policière. Je préfère encore croire à la présence d'Ethan. Mais la question est toujours la même depuis que je suis revenu dans cette ville.

Que se passe-t-il ?

Un message me parvient. J'ouvre mon mail : la photo d'Ethan et de Clara apparaît. Je tressaille. *Ils* contrôlent mon téléphone. C'est la photo que j'ai prise hier, avec mon propre téléphone, qui se retrouve désormais diffusée massivement, comme tous les autres indices du meurtre. *Ils* ont hacké mon téléphone, *ils* ont envoyé son contenu sur des dizaines de milliers de mails. Les bots fonctionnent à plein. Cela fait partie de la fiction qu'*ils* élaborent, mais c'est aussi un message qui m'est adressé : *tu* es contrôlé, *nous* savons ce que *tu* fais, où tu es, qui tu es. Je me sens pris au piège. La veille, des hommes masqués m'ont trouvé dans mon appartement et m'ont frappé. Aujourd'hui, on me prouve que mes faits et gestes sont épiés. J'habite une cage de verre. Je suis cet homme suspendu dans une maison transparente exposée en pleine rue. Je ne l'ai pas choisi. Je croyais les murs opaques, je croyais qu'une intimité existait. Je croyais que je pouvais être moi, avec le secret que suppose l'identité. Ce n'est pas vrai ou ça ne l'est plus. Je suis observé, écouté, suivi. Tout est menace.

Je me lève du canapé, je vais à la fenêtre, j'observe la rue. Il n'y a personne mais cela ne signifie rien, *ils* n'ont pas besoin d'une présence humaine. Je ferme les yeux. Je ne me sens pas bien. *Ils* m'acculent.

Je suis resté longtemps sans rien faire, comme un prisonnier enfermé dans une enceinte invisible.

Comment font les gens ? Comment pouvons-nous savoir que les choses existent *vraiment* ? Comment distinguer le virtuel du réel, pour reprendre des mots usés ? Comment sait-on que ce qui est est ? Quel point fixe nous permet de discriminer le vrai du faux ? À ce stade de mon enquête, tout se trouble à un point tel que je pourrais aussi bien rêver les événements. Le rêve et la folie comme envers du réel. Et pourtant je sais bien que je ne rêve pas, que je ne suis pas fou. Il faut bien que je m'accroche à cette certitude-là parce que, dans un monde paranoïaque par nature – un monde capable de créer une réalité fausse comme le nôtre est forcément paranoïaque –, la certitude tient de la volonté.

Je suis allé dans la salle de bains, je me suis passé de l'eau froide sur le visage, très doucement, pour ne pas réveiller la douleur à la tête. Je me suis rasé, j'ai ôté mes vêtements et comme je n'avais pas le courage de me doucher – entrer dans la baignoire, avoir mal aux côtes, faire de faux mouvements –, l'eau du lavabo m'a servi à m'asperger le corps. J'ai enfilé de nouveaux vêtements, les plus amples, les plus faciles à mettre. Pieds nus, je suis allé dans le salon et j'ai éteint tous les écrans.

Par la fenêtre, j'ai contemplé l'endroit où s'était peut-être tenu Ethan pendant la nuit, sans vouloir décider de son existence. J'ai juste regardé. J'ai regardé l'arbre, qui avait renforcé l'obscurité de la nuit, j'ai regardé le ciel bleu. De l'intérieur de l'appartement, celui-ci ne m'a plus semblé si coupant et cruel. J'ai tâché de sentir le sol sous la plante de mes pieds et de me tenir droit et debout. Un rayon de soleil, traversant la fenêtre, a illuminé mon pied gauche. Les feuilles de l'arbre se sont mises à briller d'un éclat d'argent.

Cela, c'était réel, non ? Le corps, les objets de la nature. Je me suis dit qu'il existait une surface pleine et mate des choses et que, de ma main ouverte, c'était cette surface qu'il fallait saisir.

Je me suis dit qu'il fallait que je me tienne droit et debout, et que ça signifiait marcher sur ses deux jambes. Cette expression n'était pas très claire.

26

Devant l'ordinateur. Les murs de ma prison sont virtuels. Ils ont même la forme aimable, bleutée et ronronnante des écrans. Mais je n'ai pas le moyen de m'en abstraire : ils sont devenus la forme de notre vie. Et ce que je suis en train de faire n'est pas dangereux. De toute façon, *ils* connaissent mon but.

J'observe les photos. Les photos de Clara au lac, celles d'Ethan, et l'ultime selfie. Si l'on part de l'hypothèse toujours valable de l'innocence d'Ethan, et surtout si l'on suit la trace vide, toujours plus vide et lacunaire, de Clara Montes, il faut accepter que ces documents sont truqués. Je n'en ai aucune preuve, mais le montage du crime, ou du moins son montage narratif, est trop insistant. Ou bien ce crime n'existe pas, ou bien on cherche à en tirer parti. Sans ce postulat, il ne me reste plus qu'à repartir à New York.

Je parcours tous les sites qui permettent de discriminer le vrai du faux en matière de photo. Au début, cela semble simple. Les premiers sites expliquent qu'il faut faire des captures d'écran et les confronter à Google Images qui effectue les recherches sur le Net pour trouver les photos ressemblantes. Ou bien encore passer par des logiciels spécialisés et gratuits comme JPEGsnoop qui examinent les données Exif de l'image, soit, si je comprends bien, les données techniques intégrées dans la photo au moment de la prise de vue ou de la retouche, afin de comparer le taux de compression à leurs bases de données. Le logiciel déterminera si l'image est brute ou non et la classera selon quatre catégories.

1) Photo retouchée
2) Retouche très probable
3) Photo probablement originale
4) Incertitude

Les commentaires qui s'affichent ruinent mes espoirs. La fiabilité est en réalité presque nulle. La plupart des commentateurs reviennent sur le taux d'erreur des logiciels. Tous ont fait l'expérience d'une photo qu'ils prennent eux-mêmes sans la retoucher et qu'ils soumettent à l'analyse d'image : le logiciel affiche la catégorie 1. Même si on a affaire, comme toujours sur le Net, aux mauvais coucheurs et aux échecs de procédure, leur seule existence ruine la possibilité de se fier aux logiciels.

Quant à la capture d'écran et à la recherche Google Images, ma tentative est vaine. Les photos de Clara sont toujours les mêmes, en nombre terriblement réduit, comme s'il ne restait que cela de sa vie : trois clichés peut-être faux envoyés par des bots, un selfie avec Ethan et deux photos exhibées par les chaînes et les sites au début de l'affaire. Il n'y a rien d'autre. Et parce qu'il n'y a rien d'autre, j'ai du mal à y croire. Sans rien connaître à la photo et au montage, j'ai le sentiment que la Toile a été nettoyée de la présence de Clara : il ne reste d'elle que ce qui était utile à la narration.

Je tape « Clara Montes images ». Curieusement, je ne l'avais jamais fait. Un mur d'images se dresse devant moi. Je fais défiler les pages, et de façon obsessionnelle les mêmes images se dupliquent à l'infini, au sens propre du terme puisque les pages défilent sans rupture. J'avais le sentiment qu'un même cliché ne pouvait être reproduit (c'est le cas lorsque je tape « Adam Vollmann », avec ma petite notoriété – et mon petit narcissisme – de journaliste) mais les images de Clara, ivres et maladives, tournent à l'identique.

Peu à peu, ma recherche sur les sites de photo subit son délitement habituel : des sites de plus en plus pauvres et de moins en moins visités, des rapports de plus en plus lâches, et en même temps les connexions se font plus étranges. Je tombe sur un reportage qui étudie les photos officielles d'une manifestation au Brésil, reportage sous-titré en anglais dont le propos avoué est de mettre en cause les photos et captures de vidéos du gouvernement, qui aurait retouché les images afin de diminuer l'ampleur de la manifestation. L'enquête, laborieuse et approximative, est menée par un manifestant qui se dit amateur passionné de photographie. Elle me prouve combien la discrimination des images est difficile à opérer : le manifestant connaît assez le milieu pour interroger des professionnels et même un laboratoire spécialisé. Pendant dix minutes, devant un ordinateur dont il pointe régulièrement les images du doigt, un technicien du laboratoire tente d'établir, par des taches plus sombres, des épaississements de texture, des comparaisons avec d'autres images de la même avenue et un vocabulaire très technique auquel je ne comprends rien, que les photos sont truquées. Et il n'est pas absolument convaincant, alors qu'il peut compter sur le matériel le plus complet, sur des comparaisons de photos qui me sont impossibles, puisqu'il n'existe de Clara Montes que ce qu'on a bien voulu laisser, et sur une manifestation d'une telle ampleur qu'elle ne peut que donner du jeu et ouvrir des interstices pour l'analyse.

Au fur et à mesure des connexions, les reportages para-noïaques se multiplient. Les plus classiques mettent en doute l'alunissage de 1969 (le drapeau américain flotte sur la photo, alors qu'il n'y a pas d'atmosphère sur la Lune), l'attentat du 11-Septembre (sur les vidéos, les tours s'écroulent trop rapidement, une explosion a for-cément lieu à la base), ou la mort de Hitler (une photo témoigne de son existence en Colombie dix ans après la guerre). De façon plus comique, de nombreux sites s'in-terrogent sur la main plastique, ou prétendue telle, d'un garde du corps de Donald Trump, un homme large et chauve, en costume, au cours de l'investiture de 2017. La main semble en effet aussi pâle et rigide que celle d'un mannequin mais il y a une effervescence presque incompréhensible autour de ces images, qu'on ne peut que relier au fantasme du pouvoir présidentiel : comme la faiblesse ne saurait protéger le pouvoir, ce garde du corps, de l'avis général, ne peut que dissimuler sous cette prothèse factice une main valide cachée sous la veste et armée d'un pistolet.

Plus on progresse à l'intérieur de ces sites, plus le malaise s'accroît : ce qui était comique au début devient troublant, comme la rencontre avec un fou. Je vois des sites proliférer, analyser des dizaines de photos et captures d'images, dans des enquêtes délirantes qui font des centaines de milliers voire des millions de vues sur You-Tube, pour prouver que la Terre est plate, que telle ou telle fusillade, comme celle de l'école primaire de Sandy Hook, qui a fait vingt-huit morts, n'a jamais eu lieu, et que les parents pleurant leurs enfants morts sont des acteurs payés par le gouvernement. Une image revient à travers les sites : la pilule rouge. Dans *Matrix*, Neo, le héros, doit choisir entre continuer à vivre dans la réalité illusoire créée par les machines, illusion dans laquelle se complaisent la plupart des êtres – c'est la pilule bleue –, ou refuser le mensonge et accéder à la vérité – la pilule rouge.

Ces discussions ont la faiblesse des crédulités païennes et des théories du complot : rien n'est vrai, tout est faux. Aucun de ces sites n'est crédible et pourtant l'arrière-monde qu'ils me font entrevoir est exactement celui que je découvre avec l'affaire Clara Montes. J'ai le sentiment que si chaque affaire est un *fake*, l'appréhension d'un simulacre généralisé est parfaitement juste, parce qu'elle correspond à la réalité que nous avons créée : celle d'un artefact hérissé d'émotions et de fictions. La puissance d'un monde fictif élaborant une fable pour complaire aux passions tristes d'une humanité pulsionnelle.

La conséquence en est que le complot est devenu une méthode de pensée, même sur des sites sérieux : l'empire du doute est sans limites et ronge les représentations les plus célèbres. Ainsi, la fameuse photo *The Napalm Girl* de Nick Ut qui saisit le 8 juin 1972 la course affolée d'une

213

enfant nue tentant d'échapper à la fournaise du napalm.
Les soupçons, et je trouve même un site universitaire
pour s'en faire l'écho, portent sur une mise en scène :
le photographe aurait demandé aux protagonistes de
répéter la course qu'il n'avait pu prendre à temps. Les
détails de la photo me sont familiers : au moment de la
retraite de Nick Ut, alors que les milliards d'images qui
circulaient sur le Net signaient la mort du métier, j'avais
lu plusieurs articles, à mon avis dignes de foi, sur l'itiné-
raire de ce photographe dont la vie avait correspondu
à l'âge d'or du photojournalisme. Nick Ut ne se desti-
nait pas à la photographie, il a pris la place de son frère,
photographe pour Associated Press mort en 1965 sur le
front, et c'est à l'âge de vingt et un ans qu'il s'est retrouvé
devant le village de Trang Bang bombardé par erreur
par les troupes sud-vietnamiennes, juste au moment où
émergeaient du nuage de napalm les survivants de l'explosion, femmes, enfants, parents portant dans leurs bras
leurs enfants morts, ainsi que cette petite fille de neuf
ans aux vêtements désintégrés par les flammes et hurlant devant lui.
La photo originale, prise avec un Leica M3, n'était
pas centrée sur la petite fille. On y voyait aussi, à droite,
le photographe de *Life* rechargeant tranquillement son
appareil (et c'est ce « tranquillement », sans doute trop
subjectif, qui pose problème). L'éditeur photographique
du *New York Times*, qui plaça en une le cliché, l'a reca-
dré et centré sur cette petite fille nue, alors même que
la représentation de la nudité, interdite chez Associated
Press, avait failli bannir la photo, et c'est ce cadrage qui

a érigé en icône de souffrance la petite Kim Phuc, devenue symbole des innocences crucifiées.

Je ne vois pas comment Nick Ut aurait pu demander aux protagonistes (cinq enfants horrifiés, cinq soldats et un photographe) de *rejouer la scène*. Kim Phuc rongée par l'essence gélatineuse du napalm comme par de la braise collée à sa peau aurait fait demi-tour pour répéter sa course ? Tout cela sous les yeux d'autres journalistes, dont Christopher Wain, de la chaîne britannique ITN, qui, sur d'autres photos beaucoup moins connues, arrête la petite fille, verse de l'eau sur ses blessures et sauvera par la suite Kim Phuc de la mort, lorsque les médecins, à l'hôpital dénué de tout où Nick Ut l'a conduite, déclareront son cas sans espoir. Il trouvera un hôpital américain pour grands brûlés où la petite fille sera soignée et sauvée.

Et pourtant je me rends compte qu'un peu partout on parle de mise en scène, par cette altération des limites entre le mensonge et la vérité. Cette photo, dont on a dit qu'elle avait mis fin à la guerre du Viêtnam, ce qui est évidemment faux mais a la beauté des légendes, est placée sous le couperet de la révision historique, comme si rien n'avait droit à l'innocence.

Tout cela me dégoûte mais il faut bien que j'emprunte, au moins pour un temps, le chemin des paranoïas : face aux possibilités d'une surveillance universelle, nous n'avons plus qu'à nous enfermer dans les sous-sols et les cavernes, choisissant pour seules relations d'autres paranoïaques à la vie louche, dissimulés aux pouvoirs publics et aux grandes entreprises du Net.

215

Le seul être à la mesure de cette paranoïa est Warren. Les gens ici sont durs et mornes, barbouillés au mieux d'une glu sentimentale – plus une société se camoufle sous les sourires et les logorrhées de bonté, plus elle est âpre et indifférente. Warren est un être louche, donc fréquentable.

Je l'appelle. Il est bien sûr en train de filmer. D'un ton de voix monocorde – l'étrange ralenti robotique de son expression, notamment lorsqu'il filme, favorise une sorte de mécanisation générale de son être –, il me donne rendez-vous pour le soir. Tandis que je raccroche, le téléphone sonne. C'est Benson, qui me rend compte de l'interrogatoire de Paul.

— Il ne vous connaît pas. Jamais entendu parler de vous. Je lui ai dit que vous étiez client du Blue Bird : il s'est marré. « Si je devais connaître le nom de tous ceux que je sers… » Je cite.

Bien sûr. Je ne commente pas. Je repose le téléphone. Je l'observe : il est le principal accès à ma vie et mes pensées. Il a la beauté de la traîtrise et de la menace : d'une noirceur plate, il a la neutralité absente de l'eau qui dort. Je me suis laissé piéger. J'ai laissé la porte ouverte sur mes paroles, mes recherches, mes images. J'ai délégué une part de moi-même à cet appareil et je l'ai offerte aux espions. Et pourtant je ne le jette pas, je continue à l'utiliser, deux fois en quelques minutes.

27

Warren a travaillé avec moi sur les clichés. Il n'a pas réagi au spectacle de mes blessures. Il n'a pas eu peur des espionnages et des intrusions. Je lui ai dit qu'il fallait vivre dans une caverne pour échapper à l'espionnage. Il m'a répondu que sa maison était une caverne. J'ai confiance en lui. Je lui ai présenté les photos que j'estimais retouchées.

Il les a toutes étudiées puis il s'est concentré sur la photo de Clara en maillot de bain, à demi tournée, plongeant un pied dans le lac. Il a fixé l'écran avec cet air de détachement radical qui semble le fond de son être.

— Il n'y a rien à trouver sur l'image de la fille. Si la photo est truquée, c'est dans les marges, pour qu'on ne repère pas un détail par exemple.

— Tu peux faire sauter les pixels ?

Il commence à zoomer chaque pixel dans une zone plus claire, en haut à droite de l'image, comme s'il crochetait chaque millimètre de secret. Cela me fait penser à un calendrier de l'avent dont on ouvre chaque jour une fenêtre, à ceci près que Warren ne dévoile à chaque fois qu'une zone floue, d'un bleu métallique et myope. Sa patience est infinie : il est le peintre de l'image, l'enregistreur des déclivités de couleurs et de formes.

— Là, dit-il.

Il pointe du doigt une sorte de trait, invisible à l'œil nu, dont le zoom a décuplé la taille. La forme n'est pas reconnaissable mais je sens qu'une faille est apparue.

— L'image n'a pas été traitée uniformément. Tout n'est pas retouché. C'est du mauvais boulot. On a retrouvé comme ça un pédophile du nom de Vico. Il avait flouté son image avec un logiciel qui dessinait une sorte de tourbillon sur son visage. Comme un escargot blanc qui mangeait ses traits. Deux cents photos avaient été postées, avec des enfants de moins de dix ans. Il se croyait intouchable : mais aucun logiciel n'est intouchable. La police européenne a fini par révéler son visage et a fait un appel à témoins. Trois cents personnes l'ont dénoncé.

Peu à peu, la faille se précise et, de même que les traits de Vico se sont dévoilés aux policiers, la définition s'affermit, la minuscule fenêtre s'ouvre sur l'image refusée et, tandis qu'avec une extrême lenteur, le stylet de Warren frotte le vague, le flou, le fondu, une forme quadrangulaire s'ébauche, inattendue.

— Un panneau publicitaire ?

Warren hoche la tête.

J'avais fini par imaginer Clara sur les rives du lac Minot. Le scénario d'Ethan et de Clara se retrouvant sur les berges, dans la forêt, à l'arrière des voitures, avait fini par s'imposer à mon imaginaire, malgré moi, malgré mon refus de toute scénarisation. Mais aucun panneau publicitaire n'est autorisé près du lac.

D'autant que, la récupération s'opérant toujours davantage, le détail, ce miraculeux détail narratif, comme une figure minuscule au sein d'une cathédrale tragique, s'affine, se différencie, s'ombre et se colore, déployant la corolle de ses secrets, à la mesure de la vérité qui s'ouvre et se déplie, puisque le monde qui se révèle n'a plus rien à voir avec le lac Minot, avec Drysden, avec le Colorado ou l'Amérique : *le panneau publicitaire est écrit en russe.*

— Peux-tu trouver ce lieu ?

Ma voix est croassante.

Warren lance la recherche. Pas une recherche réelle, bien sûr, cela n'existe plus, mais la quête d'une forme dupliquée, d'un panneau publicitaire avec cette même ombre, cette même orientation sur les milliards d'images d'Internet. Quelles images s'ajustent à cette représentation de panneau ? Si l'existence de Clara a été nettoyée d'Internet, personne n'a jamais pu supprimer ce qui se terre sous la fragmentation des pixels. Personne n'aurait pu supprimer la fruste, stupide et pourtant irréductible image d'un panneau publicitaire écrit en cyrillique.

Et tout d'un coup, voilà qu'un lac sans rien de commun avec la falaise, l'eau trouble et la forêt de Minot s'étend devant nous. Plutôt une base de loisirs, presque entièrement entourée de bâtiments, au-dessus de laquelle trône, en haut à droite, un grand panneau publicitaire pour une boisson qui a l'air d'un coca local. Je contemple éberlué le véritable décor de la photo, les bateaux, les nageurs, les baraques à frites, le fourmillement qui a remplacé la photo intime de Clara. Cet ensemble criard, frénétique, à la fois bon enfant et vulgaire qu'un plan américain et une illusion pixellisée ont transformé en acte d'accusation.

Voilà donc où a été prise la photo de « la petite fiancée de l'Amérique » : en Ukraine.

Je roule vers le Blue Bird. J'ai besoin de parler à Paul, ne serait-ce que pour le confronter à sa propre bassesse. C'est stupide. On ne parle pas à ce genre d'hommes. Mais je ne peux m'en empêcher. Il y a toujours quelque chose en moi qui veut convaincre celui qui me hait. Et je sais bien pourquoi : c'est parce qu'une part de moi estime qu'il a raison. Malgré les années, je ne parviens pas à me débarrasser de ce sentiment. S'il a compris que je ne valais rien, l'Autre a raison devant moi. Sur moi. Contre moi. J'ai beau avoir sculpté un nouvel être, il ne s'est érigé que sur les ruines du précédent, et c'est ce fantôme qui me hante et qui donne le droit à Paul de me faire mal.

Sur le chemin, l'obscurité des rues s'épaissit. Je suis sorti tard de chez Warren mais la nuit ne me semblait pas si noire.

Et soudain, je le vois de nouveau, entre deux maisons. Je me suis arrêté en tremblant.

Il ne bouge pas. Il me regarde. Je ferme les yeux et, lorsque je les rouvre, il est encore là. Je sais que c'est lui parce que mon corps me le clame, parce que l'observation infinie de mon adolescence a fixé en moi sa silhouette, ses gestes, et même sa façon bien à lui de se tenir immobile.

Je murmure « Ethan », si bas qu'il ne peut entendre. J'ai si peur qu'il ne s'enfuie. Je doute de mes sens et, en même temps, cela ne peut être que lui. Je n'ose pas sortir de la

220

voiture. Cela ne peut pas se passer comme la dernière fois. S'il est là... Puisqu'il est là, je dois lui parler. Il ne peut pas disparaître. Il est l'ombre et le présent. Il est le souvenir et la présence. Il est aussi tout ce que j'ai été et qui s'est recourbé dans un amour éperdu, enfantin, désespéré. Je tends la main. Il ne part pas. J'ouvre la porte de la voiture. Je dis de nouveau « Ethan », un peu plus fort, et il ne s'enfuit pas, mais il me semble que là-bas, dans l'ombre, il s'est tendu, et qu'un seul pas de moi précipitera sa fuite.

Je ne bouge plus. À un moment, la lune se dégage des nuages et la silhouette m'apparaît plus nettement, aussi svelte et élancée qu'autrefois, comme si j'étais devenu l'aîné, comme si, désormais plus large et plus lourd que lui, j'étais à même de l'aider.

« Ethan. Nous devons parler. J'ai découvert des choses. Beaucoup de choses. Sur Clara, sur ta femme, sur Reynolds. Il faut qu'on parle. Qu'on mette en place un plan. »

Mes paroles sonnent faux. Ethan ne semble pas les entendre. En tout cas, il ne réagit pas. J'avance. Mes pas sont lents et précautionneux mais l'idée me vient soudain que nous n'appartenons pas au même espace et que je ne m'avance que pour toucher le vide.

Un nuage couvre la lune. Un pas de plus et soudain mon corps se crispe : il n'y a plus personne.

J'ai mal partout, je me sens épuisé et découragé. Abandonné.

Je reviens chez moi.

28

Le lendemain matin, au réveil, je me suis préparé mon café, j'ai posé mes mains bien à plat sur la table et j'ai regardé droit devant moi, à travers la fenêtre. Le soleil était déjà éblouissant, d'une clarté douloureuse – une lumière pulvérisée s'abattait sur la pierre de la rue. À travers le cadre de la fenêtre, on voyait les façades des voisins, et puis le grand arbre. Une branche noueuse se tordait, d'un marron tirant vers le noir. Les choses étaient bien à leur place. Réelles ?

Je suis allé au lac Minot. J'ai regardé la rive où j'avais imaginé Clara Montes. Autour de cette rive, j'ai installé des baraquements, des jeux, des panneaux publicitaires et des immeubles. Détruire le monde, créer le monde, recomposer le monde.

J'ai effacé le décor ukrainien. J'ai vu un lac encore vide à cette heure. J'ai tâché de le vider de ses représentations en supprimant le passé, les images, l'agression dont j'avais été victime. J'ai tâché de voir une étendue d'eau devant une falaise calcaire.

Je n'ai pas réussi : un lointain souvenir m'est revenu. Alors que j'étais adolescent, un vieil homme en salopette, avec des allures rugueuses de fermier, était passé par le lac. Il l'avait longuement contemplé. Lui-même semblait perdu dans ses souvenirs. Un petit garçon, sans doute son petit-fils, se tenait à ses côtés. Ils étaient droits et silencieux, anachroniques, comme venus sur une antique charrette à cheval de leurs champs lointains, au moment où des jeunes gens en maillots de bain couraient et plongeaient autour d'eux. Le grand-père s'était exclamé : « Autrefois, il y avait des lucioles ici. Elles brillaient. C'étaient partout des lumières. Elles ont disparu maintenant. »

Moi-même, je me suis tenu devant le lac aux souvenirs. Mon adolescence avait disparu. Ethan avait disparu, comme tous ceux de mon âge, comme tous ceux qui plongeaient au milieu du lac et que j'enviais tant, comme toutes les scènes de séduction et de plaisir, comme les rires qui éclataient et qui n'étaient rien d'autre que la vitalité de la jeunesse. Quant aux lucioles, elles avaient disparu avant même mon arrivée à Drysden.

Et Clara surtout s'était effacée, comme la fiction qu'elle n'avait jamais cessé d'être. Elle n'était jamais venue ici, elle n'avait jamais fait l'amour avec Ethan, et elle n'avait jamais été tuée sur les rives du lac. Elle n'existait pas. Tout se retirait, comme la marée des images se replie. Clara Montes n'était qu'une construction narrative, un personnage de fiction inventé pour condamner Ethan Shaw, pour des raisons que je ne parvenais pas à comprendre.

Clara Montes n'était qu'un nom, peut-être inventé de toutes pièces, peut-être consciemment emprunté à une lycéenne d'un établissement privé, et une image volée à une jeune Ukrainienne qui n'avait sans doute jamais mis le pied aux États-Unis.

Fake est le nom de code du monde moderne.

Chez l'actrice principale. Je sonne à sa porte. Une femme lourde, massive, maquillée m'ouvre. Elle est parfaite dans son rôle.

— Encore toi ?

— Clara n'a pas disparu.

— Quoi ?

— Elle n'a jamais existé.

— Qu'est-ce que tu racontes ? dit-elle avec une agressivité qui n'est pas feinte.

— C'est une invention. Vous n'avez jamais eu de fille. Vous jouez très bien la mère éplorée, la chambre de Clara est d'un mauvais goût très soigné et j'apprécie la mise en scène mais tout ça, c'est un film.

— T'es bourré ?

— Non. Je suis parvenu au bout de mon enquête. Le meurtre est une mise en scène. Il n'a jamais eu lieu.

— Écris ces conneries et ce sera aussi le bout de ta vie. Clara, c'est la fiancée de l'Amérique. Tout le monde l'aime. Et à Drysden, tout le monde la connaît. Personne va aimer tes délires. Il paraît que t'es déjà pas très populaire. Cette fois, ils ne se contenteront pas de te casser la gueule.

— Vous êtes au courant de tout, dites-moi.

— Drysden est une petite ville.

La menace est claire.

— Vous avez gagné combien pour jouer ce rôle ? dis-je.

Ce n'est pas seulement l'argent. Elle a reçu une dignité : elle est la mère de la pauvre disparue. On a donné un sens à son existence, peut-être fictif, mais qu'importe ? Susan Montes est partout, sur toutes les télés, les radios, les journaux. Elle a gagné le rôle de sa vie, qu'elle joue de façon remarquable : tout sonne faux chez elle et c'est pour cela qu'elle semble vraie, si perdue dans sa souffrance.

— T'es prêt à tout inventer pour sauver le cul de Shaw. Lui aussi est un pédé ? Vous vous tenez toujours les couilles entre vous.

D'un geste brusque, elle tente de m'attraper ce qu'elle vient de nommer. Je lui saisis fermement le poignet. Ma force la surprend. Je le lis dans ses yeux et je lis aussi en elle la vieille loi de Drysden : le respect de la force.

— On te fera sauter toutes tes dents, siffle-t-elle. Et tu crèveras comme ma fille.

— Tu n'as pas de fille et tu finiras en tôle, dis-je en lui tordant le poignet.

C'est moi qui referme la porte. En me retournant pour revenir à ma voiture, je songe à la sorcière d'autrefois : « Ne mangez pas les animaux, mangez les enfants. » Je me répète ces mots à mi-voix.

J'appelle Sarah de mon portable. De toute façon, *ils* savent désormais. Elle est au magasin. En roulant, je me souviens de sa tristesse et j'ai l'impression d'un ruissellement doux, quelque chose de tendre et d'automnal. Derrière la porte vitrée du magasin, j'éprouve la même impression mais, en arrivant devant Sarah, je me souviens de la photo avec Reynolds. Chacune son jeu : l'une la vulgarité et la fausseté, l'autre la tristesse. Peut-être.

— Oui ? dit-elle.

— Ethan est innocent.

Elle ne réagit pas.

— J'ai découvert que Clara n'a jamais existé, qu'elle est un leurre, une fiction. On l'a imaginée pour nuire à Ethan.

— Qui ça ?

Je voudrais dire Reynolds et, en même temps, le gros Reynolds me paraît bien léger pour monter une fiction pareille. Je hausse les épaules.

— Je ne sais pas.

Sarah se tait. Elle ne me croit pas.

— Vous aimez beaucoup Ethan...

— Pas au détriment de la vérité. J'ai des preuves de ce que j'avance. *Ils* ont nettoyé le Net, *ils* ont truqué des photos.

— Comment peut-on savoir que le Net a été nettoyé ?

— Parce qu'il n'y a rien. Rien du tout.

Elle sourit tristement. Je me rends compte que je dis n'importe quoi.

— J'ai étudié une photo avec Warren. Une photo de Clara.

— Warren ? Qui est-ce ?

— Cet homme qui enregistre.

— Warren ? Je ne savais pas qu'il s'appelait ainsi. Vous l'avez rencontré ? Warren est fou. C'est le fou de la ville.

— Il est bizarre, oui...

— Fou. Gentiment fou, mais fou. Et Warren vous a dit qu'une photo était truquée ? Et à partir de cela,

vous imaginez que cette pauvre petite n'a jamais existé ?
Pardonnez-moi, Adam, mais vous comprenez bien…

Oui, je comprends bien. Je comprends bien qu'on ne me croit pas. Je comprends bien que la lisière entre le vrai et le faux a sauté. Mais là, il s'agit de l'existence d'une personne de seize ans. Pas d'une information absurde qui circule sur les réseaux sociaux. Une personne en chair et en os. Si elle avait existé, cela se saurait. Des gens l'auraient rencontrée. Elle aurait des amis, il y aurait des témoins…

— Sarah, vous le dites vous-même. Vous n'avez jamais vu Clara, vous n'avez jamais entendu parler d'elle avant la nouvelle de sa mort. Vous n'avez jamais rencontré personne qui la connaisse. Est-ce normal ? Est-ce possible ? Vous croyez vraiment qu'une liaison entre Ethan et une adolescente aurait été ignorée dans une ville comme Drysden ?

— Oui. Il y a des bois, des solitudes.

— Non, Sarah. Personne n'ignore votre liaison avec Reynolds. Personne n'aurait ignoré celle d'Ethan.

Elle rougit. Elle ne fait pas semblant de nier.

— C'est différent.

— Pourquoi est-ce différent ?

Son visage est triste. Et soudain, j'ai l'impression qu'elle ment. Elle aussi joue un rôle. Je rougis moi-même, des perles de sueur affleurent.

— Parce que je ne l'aime pas, dit-elle. Parce que j'attends Ethan.

Et cela me semble vrai. *Vrai* est un mot très court et très banal. Tout d'un coup, je comprends ce que signifie la perte de la vérité. Je recule d'un pas.

— Sarah… Est-ce que vous êtes *vraie* ?

Elle bat des yeux. Les poupées battent des yeux.

— Il faut que je voie Ethan. Prévenez-le. Laissez-lui un message dans la grotte. Dites-lui que je connais la vérité.

Le mot sonne étrangement dans ma bouche. Il résonne en même temps qu'il s'annule et s'étrangle. Un écho.

— J'ai besoin de le rencontrer. J'irai où il voudra.

Je sors du magasin. Mes jambes sont faibles, j'ai l'impression de tituber. Sarah me rattrape.

— Vous devez faire attention, Adam.

— À qui ? À Reynolds ?

— Reynolds est un commerçant, un père de famille. Vous n'avez rien à craindre de lui. Non, celui que vous devez craindre, c'est Muller. Lui est dangereux.

Je suppose que Sarah en sait davantage qu'elle ne veut le dire, mais je n'ai pas la force de rester. Je retourne à ma voiture. Je ne sais pas si j'ai bien vu, parce que tout titube autour de moi, mais il me semble qu'une voiture démarre en même temps que la mienne.

Warren m'a envoyé un article du *New York Times*. Je l'ai parcouru mais je n'ai pas tout compris. Ou pas voulu comprendre. Sur Internet, plus de la moitié des échanges seraient faux. Des bots envoient messages, films, informations, engagements. Des bots engendrent des trafics, des plaisanteries, des réponses, des images. Des « fermes de clics », soit des centaines et des centaines de smartphones, cliquent des engagements factices, avec des chiffres qui s'élèvent sans cesse, alors que personne n'est là, personne sinon des batteries de téléphone, de façon absurde, ridicule. L'auteur nomme un influenceur du

228

nom de Madell : un être avec un visage, un corps, un être qui poste des dizaines de messages par jour qui parviennent à des dizaines de milliers de personnes. Cet influenceur n'existe pas. Ce n'est pas un humain. On peut créer des êtres sur Internet, on peut les faire jouer ou on peut mettre dans la bouche d'humains des propos qu'ils n'ont jamais tenus et les diffuser à travers la planète. On peut tout faire. On peut inventer les êtres et le monde.

L'auteur de l'article craint ce que certains appellent l'« Inversion » : le moment où les vérificateurs automatiques tiendront les interventions humaines pour fausses, parce qu'elles seront l'anomalie face au flot infini des bots.

Le rideau s'ouvre sur une scène de théâtre. Sur la scène, un rideau s'ouvre, dévoilant un autre théâtre et un autre rideau, qui lui-même s'ouvre sur un nouveau théâtre. Le public dans la salle n'existe pas. On peut le représenter, on peut donner une image de lui mais, *en réalité*, il n'existe pas. Il n'y a pas de salle. Il n'y a pas de ville autour.

Il n'y a plus de réalité.

29

Au commencement, il n'y avait rien. Une ville banale, des habitants menant une vie routinière, un homme du nom d'Ethan Shaw dirigeant un petit magasin d'informatique.

Et puis, à la suite d'une vague de crimes incompréhensible, *quelqu'un* a créé une adolescente, lui a attribué un corps, une identité, une maison, des parents, puis l'a tuée en lui associant du même coup un amant. Il lui a donné la vie et la mort, il a bouleversé la vie d'un homme, *il a imaginé une histoire.* En fait, il a créé un monde.

Du meurtre imaginaire de cette adolescente est sorti tout ce monde d'autrefois, la ville de Drysden, ses habitants, la maison des Montes et la chambre rose, le couple Shaw, tout ce qui apparaît maintenant devant moi et devant notre pays.

Cette adolescente est la clef de tout : elle a lancé la chasse à l'homme, désigné un bouc émissaire à la haine mais aussi à la peur publique, car je crois maintenant qu'Ethan est surtout le réceptacle de la grande peur qui agite notre pays depuis quelques années, à cause des morts et de nos terribles divisions.

Cette adolescente n'existe pas et pourtant son corps physique existe quelque part, il faut le trouver sur la Toile, enfoui sous l'infini des images. L'image du lac n'a pas été créée de toutes pièces, il existe bien une photo de jeune fille ukrainienne dont je dois exhiber la trace. Je m'y emploie depuis mon retour à l'appartement. Je ne passe pas par l'image mais par le texte, en partant de l'idée que la jeune Ukrainienne – supposition probable de nationalité – a disparu, faute de quoi le risque de la voir surgir physiquement serait trop important. Et cela à grand renfort de logiciels de traduction bancals. « Jeune femme disparue en Ukraine », « adolescente disparue en Ukraine » sont facilement transposables en russe et en ukrainien. Sans résultat : la recherche est trop vague. J'ajoute la localité du lac de loisirs, Nevir, sans plus de succès.

Je revois les photos, je tente de lancer malgré tout des recherches d'images, je songe aux conversations avec Susan Montes au sujet de Clara. Un propos me revient en mémoire. Deux fois, elle a parlé d'elle comme d'une « pute », pour son besoin de plaire et de séduire, métaphore qui chaque fois m'avait fait sursauter. Je pense aussi à ce qu'on a pu dire de ces photos, du désir qu'elles expriment et suscitent. Au hasard, je tape « Prostituée » en russe : Проститутка. Puis en ukrainien : Повія. Et je fais de nouveau mon petit montage de traduction approximative. Je tape le nom de la plus grande ville à proximité de la base de loisirs : Rila. Et là, une mention récente surgit, au milieu d'une interview : voilà une semaine, on a parlé d'une prostituée de dix-sept ans. Je repère juste quelques mots sur la page. Je tente une traduction automatique pour l'ensemble du texte, qui est en russe. Le résultat est chaotique mais, du charabia qui ressort, je comprends que la disparition de cette jeune prostituée est prise comme exemple de la traite des femmes en Ukraine. La personne interviewée dirige une association russe d'aide aux prostituées. Ni nom ni image de la jeune fille, bien entendu. Mais j'entrevois une possibilité.

Je prends mon téléphone pour appeler l'association russe. Je repose mon téléphone en le considérant avec méfiance. *Ils* ont forcément suivi ma recherche. Je n'ai aucun espoir en matière de protection de données. *Ils* savent que je m'approche. Mais il faut que je garde un coup d'avance.

Je vais au centre commercial, au croisement des autoroutes qui traversent Drysden. C'est en ce lieu que Reynolds est censé avoir retrouvé Ethan. Ils auront tous menti. Ou d'autres m'ont fait croire aux mensonges des premiers. Peu importe. Je l'ai déjà dit : les gens parlent. Ils ne disent pas la vérité, ils projettent des mots qui sont parures et symptômes, ornements et armes, moyens de pression, actions diverses, séduction, proposition.

Dans le centre, je m'achète une part de pizza. Je la mange. C'est bizarre, ici ils sont même capables de rater des pizzas. Puis j'entre dans une boutique de téléphonie pour acheter un téléphone avec une carte prépayée. Je me sens dans la peau d'un espion, cela me ragaillardit.

De retour dans ma voiture, j'appelle l'association. Je ne tente pas de parler russe, je m'exprime aussitôt en anglais. Il y a un silence au téléphone et puis une femme commence à parler très vite en russe et je ne comprends rien. Puis elle se tait comme si elle attendait une réponse. Je tente : « Parlez anglais ? » avec une très forte intonation interrogative.

De nouveau, une tirade en russe, pressée, intense, puis un énorme rire et la femme raccroche. Je soupire.

Le téléphone vibre. Aucun numéro ne s'affiche. Il y a seulement cette vibration, cette personne qui m'appelle, sans doute pour m'indiquer que je suis de nouveau repéré. *Ils* m'ont retrouvé.

Je ne réponds pas. La vibration s'arrête. Je contemple le téléphone. Je suis sur le parking du centre commercial, dans ma voiture, et je me sens totalement perdu.

Le téléphone reprend sa vibration. Je ferme les yeux et, je ne sais comment, je réponds.

— Vous avez appelé l'association.

La voix, féminine, est ferme, l'accent russe très prononcé mais la langue compréhensible. J'explique d'une voix lente que je recherche une jeune prostituée de dix-sept ans disparue près de Rila, en Ukraine, il y a quelques mois.

— Elle n'est plus disparue. On a retrouvé son corps au mois d'août, près du lac de Nevir.

— On sait qui l'a tuée ?

— Qui êtes-vous ?

— Un journaliste américain.

— Que voulez-vous ?

— Je pense que l'identité de cette jeune femme a été utilisée. Comment s'appelait-elle ?

— Ivanna Stepan.

— Pouvez-vous m'épeler ?

Je note la graphie.

— On s'est servi de ses images.

— Vous êtes sûr ? demande la voix.

— Non. Auriez-vous une photo ?

— Regardez sur Internet. Il y a eu plusieurs articles.

— J'ai regardé. Tout a été nettoyé. Le nom, l'apparence : c'est comme si elle n'avait jamais existé.

— Elle a existé, bien sûr, dit la voix, agacée. Elle a été vendue, violée et tuée. Elle avait dix-sept ans.

Je répète :

— Vous avez une photo ?

— Oui.

— Donnez-moi votre mail.

— Je ne peux pas. *Ils* sauront.

Il y a un silence.

— Je comprends.

Elle ne peut pas comprendre. Mais parce qu'elle vit au milieu des trafics humains, elle devine, elle sait ce qu'est une trace numérique.

— Nous avons une messagerie privée très performante. Je vais vous donner un code, vous allez entrer à l'intérieur et j'aurai déposé la photo. Votre téléphone est sécurisé ?

Cette femme me fait du bien. Elle est comme Warren. Elle est dans les cavernes.

Je tape le code et j'entre dans l'espace sécurisé.

La photo est là, brillante, comme gonflée d'un halo lumineux : une jeune fille au sourire éclatant qui pose devant une base de loisirs.

On a frappé. J'ai tressailli avant d'éteindre mon ordinateur. En marchant vers la porte, telle était ma nervosité que j'ai pensé qu'on allait me tuer. Ma main gauche est remontée au niveau de mon cœur, en protection dérisoire, et lorsque j'ai ouvert, ma nuque s'est baissée comme si j'acceptais le châtiment. C'était Benson.

Elle était nerveuse et, si rien ne m'autorisait à la considérer comme une ennemie, l'arme qu'elle portait à sa hanche, ses derniers agissements ou son allure hésitante ne lui interdisaient pas le rôle du bourreau. Mais elle n'a pas hésité longtemps.

— Tu ne t'appelles pas Adam Vollmann. Tu es Christopher Mantel.

— Je suis Adam Vollmann. J'ai peut-être été Christopher Mantel à une époque. Plus maintenant.

— Je me souviens de toi. Tu as changé.

— Comment m'avez-vous reconnu ?

Elle a haussé les épaules.

— Un air de famille. Et puis Ethan n'a jamais eu beaucoup d'amis, il n'y avait pas tellement de choix. Je me suis souvenue de ton vrai nom ce matin mais ton visage me disait quelque chose depuis ton arrivée au poste de police. Qu'est-ce que tu fais là ?

— Je suis venu aider un ami. Et découvrir la vérité sur un meurtre.

J'ai contemplé Benson et, comme toujours depuis que je suis revenu à Drysden, le passé doublant le présent, j'ai songé à ce qu'elle avait été, à sa liaison d'un soir avec Ethan : aucun de nous ne pourrait jamais sortir de ses anciennes faiblesses, de ses humiliations, de ses grandeurs. Devant elle, je ne pouvais être Adam Vollmann, je n'étais plus que Mantel le méprisé et, même si elle voulait bien être un peu surprise par ma nouvelle apparence, il n'y avait rien à reprendre, rien à sauver. Et, à mes yeux, malgré son arme et sa nouvelle assurance, elle restait la pauvre fille qui avait cru séduire Ethan Shaw et qui n'avait connu de son corps que son ronflement. Les rôles étaient figés : il y avait eu un roi, un seul roi, qui le resterait pour l'éternité, même si cette grandeur d'adolescence, ce royaume restreint à un lycée (mais qui ne rêverait d'avoir possédé, à cet âge fragile, un tel empire ?) avait été sa perte. Le pouvoir, l'ambition, la réussite ne se forgent-ils pas dans les frustrations de la jeunesse ?

Les valets étaient devenus journaliste, policier, ils possédaient leurs armes respectives mais ils demeuraient des valets. Le roi était un fugitif qui vendait des ordinateurs, mais il demeurait le roi.

Benson me regarda d'un air triste.

— Il n'y aura pas de vérité sur ce meurtre. Jamais. J'en suis sûre.

J'ai baissé la nuque. Étais-je venu à Drysden pour découvrir la vérité et sauver Ethan ? Ou pour renverser les rôles et prendre sa place ? Celui qui sauve détient le pouvoir.

J'ai fermé les yeux parce que j'ai su, en face de Benson, que je ne serais jamais l'élu, même grimé, même sculpté par le temps. Il y avait un seul roi.

30

J'ai regardé la télé, j'ai écouté une conférence de presse du président Clifford. Plusieurs questions lui ont été posées sur Ethan Shaw. Certaines, bizarrement tournées, étaient des accusations. Et en effet, la fuite d'Ethan n'a-t-elle pas remis en question toute l'apparente puissance de l'État ? Comme l'autre jour, j'ai noté la présence de Furby, le directeur de communication, dans un coin de la pièce. Il était nerveux et pâle.

Ethan Shaw n'était sans doute pas le meilleur bouc émissaire. Il aurait fallu un être moins capable de survivre dans les montagnes. On ne monte pas un pareil scénario sans s'assurer de la qualité des acteurs, surtout lorsqu'il s'agit du rôle principal. L'actrice a été très bien choisie à mon sens. Il y a dans le regard de Clara Montes, dans son sourire, dans son corps même, ce qu'aucun créateur d'image factice n'aurait pu modeler : une joie vitale et innocente, celle de la jeunesse même, que les représentations au regard un peu rougi n'auraient pu incarner. Les bots n'ont pas encore pris le pouvoir, pas tout à fait. Mais Ethan, qu'il ait été ou non volontaire au début, n'était vraiment pas le bon acteur : trop instable. Toujours la pièce manquante. Peut-être font-ils tous partie du scénario : Susan, son mari, Sarah, Reynolds, Janet, Warren, Paul, Muller. Peut-être jouent-ils tous une série *réelle*, une série de l'Inversion, où la fiction a pris le meilleur sur le réel, sans qu'on puisse même distinguer le scénario de la réalité. Ce qui est certain, c'est qu'Ethan a décidé de ne plus jouer le rôle qu'on lui attribuait.

J'ai commandé la série HBO de Furby, *Le monde n'existe pas*. Je ne l'ai jamais vue, j'en avais seulement entendu parler. Son style baroque m'a rappelé aussitôt ce que je vivais : l'illusion, le trompe-l'œil, le théâtre dans le théâtre. La série, cynique et habile, raconte la création d'un président des États-Unis à partir d'un pauvre type choisi au hasard dans la rue et métamorphosé par l'argent, la communication et la démagogie. Ce qui n'était pas loin de l'histoire du président Clifford.

Au beau milieu d'un épisode, je me suis interrompu sous l'empire d'une inspiration. J'ai pris mon téléphone à carte prépayée et j'ai appelé l'association de cinéma new-yorkaise où avait travaillé Ethan : j'ai trouvé le numéro sur Internet, ce qui n'était pas prudent, mais comme j'avais déjà cherché le site de l'association après le récit de Sarah, cela pouvait passer pour une redite sans conséquence. C'est du moins ce dont je me suis convaincu, ou peut-être la façon dont je me suis menti.

La voix au téléphone me paraissait celle d'une vieille dame. J'ai précisé que je travaillais au *New Yorker* (la voix en a presque défailli) et que je m'interrogeais sur les pratiques de cinéphilie à l'ère d'Internet, des séries et des franchises hollywoodiennes. Nous avons discuté d'Eisenstein et de Godard, ce qui ne m'était pas arrivé depuis longtemps. J'ai guidé la conversation sur les inter-venants de l'association et la fleur a éclos comme en un irrésistible printemps :

— Nous avons toujours eu les intervenants les plus brillants, monsieur. Vous rendez-vous compte que James Furby est souvent venu chez nous il y a une dizaine d'an-nées ?

— James Furby ? Vraiment ? En personne ? ai-je clamé avec la stupéfaction effarée qu'on me demandait.

— Lui-même ! a dit fièrement la vieille dame. L'écri-vain, le scénariste. Savez-vous qu'il est maintenant direc-teur de communication à la Maison-Blanche ?

— Qui l'ignore ?

Je savais désormais comment le scénariste avait ren-contré son acteur principal. Et j'étais presque certain que l'homme qui avait entretenu Ethan à Brooklyn, celui qui possédait une immense cinémathèque, était le même Furby.

Cela, c'était à 14 h 25.

De 14 h 25 à 16 h 15, j'ai écrit mon article pour le *New Yorker*, dans l'état incertain de l'homme qui rédige un testament dont il est persuadé qu'il ne verra jamais le jour. J'y ai raconté l'histoire d'un spectacle gigantesque, à l'échelle d'un pays, mettant en scène un meurtre illu-soire et un coupable tout aussi imaginaire. Une énorme catharsis moderne, fascinant un pays entier et le pur-geant de ses passions mauvaises, tout en offrant le diver-tissement d'une chasse à l'homme superbement orches-trée par un gouvernement enfin efficace. De tous ces crimes incompréhensibles, furieux et fous qui déchirent notre pays depuis tant d'années, il ne serait rien resté d'autre, dans la mémoire des Américains, qu'un meurtre passionnel et son châtiment, l'unité de la cité ramenée par le sacrifice d'Ethan Shaw. Le pays enfin lavé de sa souillure par une belle histoire.

Il n'aurait fallu, pour le parfait achèvement de ce projet, que des acteurs éprouvés. Mais si certains rôles ont été merveilleusement tenus, à commencer par celui de Susan, le rôle principal est échu à un individu instable, secret et incontrôlable, un individu *à la case vide* qui a soudain décidé de ne pas le jouer jusqu'au bout, alors même qu'on lui avait sans doute promis une fortune et une disparition à l'autre bout du monde. Ethan est ainsi, et j'aurais pu avertir tous ceux qui ont eu cette mauvaise idée de lui écrire sa vie.

Ethan ne finit jamais un puzzle. Il ne boucle jamais l'image qu'on prétend obtenir de lui. Il manque toujours la fin, comme ici.

À ce mauvais choix d'acteur, il faut aussi ajouter ma présence, qui s'est rapidement transformée en menace pour le scénario. J'ai été écouté, suivi, battu. J'ai par ailleurs le sentiment que dans le piège où il s'était logé, Ethan a vite compris que je lui viendrais en aide. Sinon, il n'aurait pas parlé de moi à sa femme.

J'achève cet article de dénonciation à 16 h 15. Je suis en train de le relire lorsque, à 16 h 35, la vidéo tombe : elle prouve que mon substitut numérique était prêt depuis quelque temps et qu'*ils* avaient préparé le film à l'avance. Le travail est réussi. Comme souvent, mon artefact a les yeux un peu rougis, une raideur empruntée, mais somme toute c'est de l'excellent travail. Je serai seul ou presque à déceler la supercherie, si je peux utiliser ce vieux mot, auquel on pourrait peut-être substituer celui d'Inversion.

Je hausse le son au maximum. La vidéo est bien meilleure que la dernière fois. Alors que jusqu'ici, on apercevait à peine Clara Montes dans la nuit tandis que son cri s'élevait, l'obscurité laisse voir assez clairement la silhouette puis le visage de son agresseur : un homme de grande taille, environ 1 m 85, 90 kilos, chauve. Pendant quelques secondes, la caméra surprend miraculeusement son visage, et cette fois il y aura des centaines de gens pour le reconnaître. Ce n'est pas Ethan Shaw, pas du tout, c'est le journaliste Adam Vollmann.

Je sais comment cela se passera. Certains habitants de Drysden regarderont la vidéo. Et, à un moment, tout le monde saura que le meurtrier est dans la ville, qu'Ethan Shaw, comme on s'en doutait, était innocent. Et alors, dans ma rue, voisins proches ou lointains feront le même mouvement. Ils se lèveront de leur siège, ils traverseront leur salon et, à l'instant où je voudrai fuir, comme dans un cauchemar, ils ouvriront leur porte tous en même temps.

Et ils me tueront.

J'envoie mon article à mon rédacteur en chef, Steven Gall, au journal, ainsi qu'à Warren, puis je me précipite vers ma voiture pour rouler vers les montagnes.

Il pleut.

La particularité d'une forme impersonnelle, c'est que le sujet ne renvoie à rien ni personne. « Il » ne renvoie à rien ni personne. « Le ciel pleut » ne veut rien dire.

Quelques gouttes ont commencé à tomber et à s'évaporer dans la chaleur avant même de toucher le sol. Puis des gouttes larges et épaisses, presque poussiéreuses tant elles étaient chargées de la poix de la chaleur et de la sécheresse, se sont écrasées sur le bitume, formant des cercles concentriques, comme des crachats, aussitôt disparus. Puis il y a eu un grondement de tonnerre dans le ciel, et cette fois j'ai levé la tête vers les nuages et je me suis rendu compte que tout était noir, d'une opacité d'orage. Et là, la pluie est tombée, dense, forte, régulière.

Je n'ai pas fait attention à la voiture derrière moi. Mais cela, bien sûr, je ne l'ai compris que plus tard.

La plaine battue de pluie était encore plus triste que sous le soleil. Les essuie-glaces peinaient à brasser l'eau, on ne voyait presque rien, comme un navire sur la mer. Mais bientôt, tout le paysage changerait : le désert brûlé de la plaine reverdirait, les étangs se rempliraient, les cours d'eau bruisseraient à nouveau et cette terre désolée ne serait plus qu'un mauvais rêve évanoui, parce que la souillure aura été effacée.

Un SMS de Gall m'est parvenu : « Merci pour cette pilule rouge, Neo. Le meurtre de Clara Montes était en fait un complot gouvernemental avec des acteurs payés, bien sûr ! Comment n'y ai-je pas pensé plus tôt ? La prochaine fois, n'oublie pas de révéler que la Terre est plate et que des enfants américains sont réduits en esclavage sur la planète Mars. »

Les testaments ne voient pas forcément le jour. À Warren d'en décider.

J'ai arrêté la voiture à la même place que la première fois. C'est en ouvrant la porte que j'ai vu surgir de la pluie la voiture grise. J'ai commencé à courir. J'ai pu éviter la voiture en me précipitant vers le sentier mais un homme est sorti, un fusil à la main : à sa casquette, sa corpulence, j'ai reconnu Muller. Je me suis arrêté. J'ai compris que tout était fini.

À côté de moi coulait une rivière. Muller a épaulé et il a tiré.

Je suis dans la rivière. L'eau est froide et douce à la fois. Il n'y a plus personne. C'étaient des ombres et les ombres se sont évanouies. Je me sens faible et pourtant apaisé. Je me relève. Il me semble qu'à ce moment un cheval devrait surgir du couvert des arbres et m'emporter, comme Benson l'avait fait quelques jours plus tôt, mais ce n'est pas ce qui se passe. Je marche dans l'eau. Je ne sais combien de temps s'est écoulé : la rivière a étonnamment grossi, aussi large et profonde qu'elle l'était autrefois, dans ma jeunesse. J'ai de l'eau jusqu'aux hanches. J'avance très lentement et, en même temps, est-ce moi qui marche ou est-ce cette rivière qui m'emporte et m'enlève, comme dans un conte ?

La pluie tombe moins fort. Juste cette régularité qui pénètre le sol et qui le régénère, puisque tout est là désormais : revenir à ce paysage verdoyant d'autrefois, avant la faute, le meurtre et la brûlure du soleil. Autour de moi, la pluie bruisse en tombant sur la rivière et c'est comme une nuée liquide qui m'enveloppe, à la façon des héros antiques enlevés vers le ciel.

Une barque de pêche avance vers moi, sans doute détachée de sa corde. Lorsqu'elle arrive à ma hauteur, je l'arrête. Un nom est inscrit à la peinture noire sur son flanc : *L'Ombrie.* Je tressaille parce que je connais ce nom et donc cette barque. Elle appartenait à un immigré italien qui l'avait baptisée du nom de sa région natale. Et je ne me souviens plus – car tout est assez confus désormais – si c'était du temps de mon adolescence à Drysden ou si c'était encore plus tôt, dans mon enfance. Il s'agissait de jours de soleil, d'un lac et d'arbres secs et noueux sur la rive. C'est l'image qui me revient, forte, puissante, lumineuse, comme surexposée, mais réduite à elle-même, sans êtres humains et dans un silence imposant. Il est vrai que tout est calme autour de moi et que cette barque flotte dans un silence majestueux – ou inquiétant peut-être. Je me hisse difficilement à l'intérieur.

Je suis étendu au fond de la barque qui glisse sur l'eau, d'un mouvement infiniment doux. J'aimerais bien qu'il n'y ait plus que cette douceur : même l'air est suave et embaumé, comme si la pluie réveillait les odeurs de la nature. C'est la première fois que je peux embarquer sur *L'Ombrie,* alors qu'il me semblait, à cette période indéfinissable de ma vie, que rien n'était plus important que de prendre cette barque et de partir sur la rivière. Quand était-ce déjà ? Ce souvenir même glisse comme l'eau et se dilue en rêves.

La pluie s'est arrêtée. Je crois qu'il existe un territoire où la pluie comme le soleil sont absents.

Je ne sais comment, dans une autre réalité peut-être, je marchais sur le sentier. J'ai aperçu sur ma gauche une vieille cabane. Dans ma jeunesse, on l'appelait « la cabane de l'Indien » ; on disait qu'autrefois un Indien y faisait du commerce de fourrure, mais je suppose que c'était une légende.

Ce que je n'ai pas compris, c'est que la cabane de l'Indien avait été détruite avant même mon départ de Drysden. Et il ne me semblait pas l'avoir croisée lors de ma dernière montée à la grotte. Je me suis approché. Le bois était strié, abîmé de partout, et lorsque j'ai passé ma main sur la cloison, je me suis bien rendu compte que la cabane n'avait pas été rebâtie, en tout cas pas depuis une dizaine d'années, au moins. J'aurais même pensé davantage.

J'ai poursuivi mon chemin. Je crois qu'en revenant à Drysden, j'ai surtout compris qu'il fallait accepter l'incompréhensible.

Sur le chemin de la grotte, alors que je me préparais à traverser un cours d'eau grossi par la pluie, la vision d'une silhouette sombre, de l'autre côté, m'a arrêté. L'homme portait lui aussi un vêtement imperméable et une capuche, de sorte que je ne l'ai pas reconnu. Il était à dix mètres de moi, peut-être un peu plus.

Il a traversé d'un pas franc le cours d'eau. Il portait de longues bottes de pêcheur, un seau à la main et une longue canne à pêche. Arrivé à ma hauteur, il a ôté sa capuche en éclatant de rire et c'est alors que j'ai reconnu Ethan.

— C'est la plus belle pluie de l'année !

Je suis resté muet car l'homme que je voyais, qui aurait dû avoir près de quarante ans, était le jeune homme d'autrefois. J'ai d'abord pensé que le temps l'avait préservé mais ce n'était pas le cas, bien sûr, parce que ça n'existe pas. Celui qui se tenait devant moi – et cela non plus n'existe pas –, c'était Ethan Shaw à dix-sept ou dix-huit ans.

Je ne sais pas ce qui se passait. Ce que je sais, c'est que le demi-dieu d'autrefois se tenait devant moi, un seau plein de poissons frétillants à la main. Il était nimbé de cette grâce surréelle de sa jeunesse.

— La pêche a été bonne ? ai-je dit pauvrement.

Il a ri de nouveau en soulevant le seau.

— Vous êtes d'ici ?

Il ne me reconnaissait pas, bien entendu.

— Non, juste de passage.

— Vous avez bien choisi votre jour !

En disant cela, il s'est retourné pour partir, et soudain j'ai pensé que ce n'était pas possible, qu'il fallait le retenir.

— Vous êtes Ethan Shaw, n'est-ce pas ?

Intrigué, il m'a regardé.

— Je vous ai vu jouer contre Beckley, en janvier.

— Ah oui ! L'année dernière…

Il a haussé les épaules. Puis il a levé la tête vers la pluie qui tombait, a souri et s'est de nouveau retourné.

— Laissez-moi vous serrer la main.

Ethan m'a tendu la main avec le naturel des êtres trop aimés. Je lui ai serré la main un peu trop longtemps et puis il est parti et je l'ai regardé s'éloigner au milieu de cette pluie du déluge qui emportait les êtres dans l'antre obscur du temps. J'ai pleuré en voyant la silhouette disparaître parce que j'ai su que je ne reverrais plus jamais Ethan Shaw sur cette terre ou sur une autre, en ce temps ou en un autre. Et j'ai su aussi qu'aucun Dieu ne pouvait me faire un plus beau présent que cette rencontre fantastique avec mon passé.

Autrefois, j'avais un ami. Je l'ai rencontré il y a bien longtemps, par un jour d'hiver, sautant de sa voiture et grimpant quatre à quatre les marches du lycée Franklin. C'est le souvenir le plus vivace que j'aie de lui, une impression inégalable d'éclat et de beauté – les couleurs scintillantes d'une époque où toutes mes sensations étaient brutales. Figé sur les marches, rempli d'admiration et de honte, j'étais égaré dans ma condition de « nouveau », égaré en moi-même. Il m'a sauvé – des autres, de ma propre jeunesse. Il m'a rendu à moi-même. Des années plus tard, alors que cet homme était devenu une image détestée, j'ai tenté de le sauver. J'aurais aimé qu'on sache qui il était vraiment.

Il s'appelle Ethan Shaw et je m'appelle Adam Vollmann. Ces noms résonnent dans ma tête au moment où la barque s'arrête contre la rive.

Composition Nord Compo
Achevé d'imprimer par Normandie Roto Impression s.a.s.
à Lonrai en décembre 2019.
Dépôt légal : décembre 2019.
Numéro d'imprimeur : 1905783.

ISBN : 978-2-07-288031-5 / Imprimé en France.

361993